# 왼손을 위하여

**시작시인선 0359** 왼손을 위하여

**1판 1쇄 펴낸날** 2020년 11월 30일
**지은이** 조성순
**펴낸이** 이재무
**책임편집** 박은정
**편집디자인** 민성돈, 장덕진
**펴낸곳** (주)천년의시작
**등록번호** 제301-2012-033호
**등록일자** 2006년 1월 10일
**주소** (03132) 서울시 종로구 삼일대로32길 36 운현신화타워 502호
**전화** 02-723-8668
**팩스** 02-723-8630
**홈페이지** www.poempoem.com
**이메일** poemsijak@hanmail.net

ⓒ조성순, 2020, printed in Seoul, Korea

ISBN 978-89-6021-529-0 04810
      978-89-6021-069-1 04810(세트)

**값** 10,000원

# 왼손을 위하여

조성순

천년의
시 작

시인의 말


네 번째 징검돌이다

개여울 저편
무엇이 기다리고 있는지 모른다

앞을 보고
가만가만 걷는다

희미한 불빛 한 점
설핏 보인다

2020년 초겨울
산성 아래 누옥에서
조성순 삼가

## 차 례

시인의 말

제1부

# 봄

너와 내가
만나면
봄이다.

# 밥과 법

밥이 부족하면
법이 위태롭고
법이 밥을 두고 으르렁거리면
탈이 난다.
밥이 풍족하면
법이 멀어도 삶은 고스란하고
밥은 없는데
법이 가까이 있으면
감옥이 좁다.

물은 흘러야 한다.
갇히면 썩는다.
밥은 살림살이를 온전하게 하고
법은 사람살이를 물 흐르듯 하게 한다.

## 상인想人하다

예전에 황하 중하류 지역에 코끼리가 많았다.
하남河南 지역을 줄여서 예豫라 부르는데
예豫는 코끼리가 많았다는 전거典據다.
순舜은 코끼리 사냥꾼이었다.
코끼리를 잡아 길들이는 일을 잘했다.
그래서 왕이 되었다.
위爲는 길들인 코끼리가 일을 한다는 상형이다.
기후가 변해서 황하 주변에 코끼리가 사라졌다.
어른들 말씀을 듣고 아이들은 사라진 코끼리를 생각했다.
상상想象이다.
아프리카 수코끼리 상아를 사람들이 좋아했다.
백 년 동안 사람의 탐욕을 보아온 수코끼리들은
스스로 어금니를 자라지 않게 했다.
사람이 사라진 행성에서
어른 코끼리가 후손들에게 말한다.
─예전에 사람이란 동물이 살았다.
─그 동물은 욕심이 끝이 없어서 자멸했다.
─상인想人이란 말은 그래서 생겼다.
어린 코끼리들은 늙은 코끼리 말씀을 듣고 상인想人한다.

평양냉면


그가 말했네.
―멀리서 아니, 멀다고 하면 아니 되지.
―애써 가져왔으니 잘 드시라.

남쪽에서 아니 세계인들이 주목하고 있었지.

내 할아버진
―나라가 동강났는데 냉면까진 도저히 못 자르겠다.
한사코 가위질을 마다하셨지.

그런 냉면을 그가 낸다네.
그 냉면을 우린 대통령께 양보하고
길게 줄을 서서 기다렸지.

가위질을 하지 않고
찬찬히 음미했네.
겨자는 부벽루에 뜬 달이고
오래 우려낸 육수는
대동강 물
찬 제육 고명은 능라도이겠지.

>
화창한 봄날
냉면 한 그릇 잘 먹고 길을 나서니
연둣빛 버들은 눈부시게 빛나는데
까닭 없이 눈가가 개진개진
냉면 한 그릇에
봄이 깊어가네.

# 2030년

대동강을 건너 능라도에서 애기똥풀 이질풀 흐드러진 길을 산책하고 있다. 비 갠 뒤 하늘은 파란색 유리를 씌운 듯 눈이 시리다. 저녁은 고창 촌놈 김영춘 시인과 보통강 변 바보주막에서 평양소주에 제육 한 접시를 하고 냉면으로 마침표를 찍으면 좋겠다는 생각을 하니 입이 절로 귀에 걸린다. 어질고 다사로운 그는 고창 옛집을 지키느라 어디 멀리 여행을 하질 않는다. 여러 차례 지청구 끝에 마지못해 온다니 마중 겸 평양 나들이를 온 것이다.

칠팔월의 개마고원은 짜장 아름답다. 만병초 좀참꽃 담자리꽃 등 키 작은 야생화가 수놓은 고원은 바람이라도 불면 맑은 종소리가 들리는 듯하다. 팔월의 평균 기온이 15도 안팎이니 차라리 가을이다. 허천강 장진강 삼수천 등이 북으로 흘러 합수하여 압록이 되고, 연화산 차일봉 와갈봉 낭림산이 다 이천 미터가 넘으나 고원에서 보면 높지 않다. 멀리 바라보면 널따란 평야다. 구월 초순부터 서리가 내리니 단풍도 일찍 오신다. 처음에는 옅은 는개 모양 내리다가 붉고 노란 단풍이 세상을 점거하면 별유천지비인간이 따로 없다.

올해로 통일 7년째, 모든 게 꿈만 같다.

오래전 백석 시인이 살던 삼수갑산이 내가 사는 산방에서 그리 멀지 않다. 영춘 시인을 안내하며 잘난 척하고 코를 눌러주려 하니 또 입이 귀에 걸린다.

# 멸치

하루 일
끝내고
돌아가는 길

고랑 팬 얼굴
굳은살 박인 두 손

노을빛 맥주 한 잔
은빛 보시

# 낮잠

대학 다닐 때
교정에 있는 정각원 법당에 들어가
부처님 무릎 아래에서
가끔 잠을 잤다.
코를 골며 잤다.
두메에서 올라와
돈도 없고
잘 데도 없었다.
영혼이 지쳤다.
깨어나 보면
법당 여기저기서
또 다른 내가
잠꼬대를 하며 자고 있었다.
부처님께 불편을 끼쳐
혹시 화나셨을까 봐
고개를 들고 상호를 살피면
흐뭇한 표정에 빙그레 웃고 계셨다.

## 굴뚝 있는 집

초가집에
굴뚝이 있고
파르스름한 연기가 올라가는 것을 보면
다 고향 집 같다.
마음이 평화로워진다.

눈을 감고 떠올려본다.
사랑에선 호호백발 할머니와 할아버지가
어린 손자 손녀들과
화로를 쬐며 이야기꽃을 피우고
안방에선 젊은 아낙이 재봉틀을 돌리고 있다.

어디선가
아낙의 낭군이 새끼줄에 꿴 고등어 손을 들거나
돼지고기를 끊어서
바쁘게 오고 있을 것이다.

이젠
굴뚝 있는 집을 보기 어렵고
있어도 연기가 오르지 않는다.

>
이런 시절이 가여워
가끔 마음에 초가집을 짓고
굴뚝으로 파르스름한 연기를 올린다.

## 이름 생각

냉이꽃은 하얗고
꽃다지는 노랗대.

까짓
이름 따윈 몰라도 돼.

만나서 이렇게 활짝 웃고 있잖아!

# 한 말씀만 하소서
―소녀 박완서 씨

　매일 통곡하고 절규하며 술을 들이켰다, 죽어버리겠다
고. 그렇게 이태를 보내고 모진 목숨 추슬러 한 글자 한 글
자 가슴에 새겼다. 참척의 애끊음 저 너머, 분방한 치열에
덧니가 고와 웃을 땐 영락없는 열둘 볼 붉은 계집아이, "싱
아가 어떤 식물이지요?" "거 산야에 흔한 거 있잖아요." 동
숭동에서 떡볶이와 어묵으로 추억을 더듬고, 예 살던 서대
문 달동네 영천 괴불 마당 집에서 아카시아 숲길 지나 매동
보통학교 가던 길, 무식한 나는 아직도 싱아를 모르고, 환
한 웃음 가끔 찾아오신다.

## 코스모스 코스모스

집 나가서 학교 오지 않는 아일 찾아
그 아이 간다는
명동 코스모스 백화점 지하 디스코텍엘 갔다.

세상에 비는 내리고
번쩍이는 조명 아래
내가 마구 흔들렸다.

못 찾겠다, 꾀꼬리
어디로 갔느냐?

모가지여
코스모스 가녀린 모가지여
꺾이지 말거라.

교감

뒷동산 오르막길
쉴 참에 팔을 벌리고
하나둘 숫자를 세며
숨쉬기운동을 한다.

아직 가을이 오지 않은 초록 단풍
마주 보고
흔들흔들
허리 운동을 한다.

여기까지 오는 데
육십 년이 걸렸다.

돌아보니
초록이
안녕, 하고
손을 흔든다.

# 압둘 칼람*

산스크리트 경전을 암송하고
채식을 실천한
힌두 영혼을 가진 무슬림
선물은 일절 거절하고
책만은 받았던
우주 발사체 기술 탄도미사일 기술 등
인도 최고의 전문가로
대통령이 된 사람

그가 남긴 유산은
책 2,500권
셔츠 6장
바지 4벌
양복 3벌
구두 2켤레

---

* 압둘 칼람Abdul Kalam(1931–2015): 인도의 정치가이자 항공우주공
학자. 제11대 인도 대통령 역임.

## 가정방문

사슴벌레 모양 늘 조용히 지내던 아이가 여러 날 학교를 나오지 않아 주소를 들고 물어물어 찾았습니다. 논두렁 밭두렁 걸어 쓰레기 더미 옆 어린 복사꽃 피어있는 그 집엘 갔습니다. 루핑으로 덮인 지붕으로 빗방울 듣는 소리가 아팠습니다. 아버지도 어머니도 말수가 없었습니다. 목구멍까지 올라온 말을 몇 번 삼켰습니다. 적막한 공간이 땀을 흘렸습니다. 비 긋자 가던 길 돌아왔습니다.

꽃은 지고 새잎이 나도 아이는 학교에 나오지 않았습니다.

루핑 지붕도 없어지고 루핑 지붕에 떨어지는 빗방울도 가셨습니다. 그러나 내 가슴의 루핑 지붕엔 가끔 빗방울 듣습니다.

학교


선생은
잘 가르쳐서
대학 보낸 줄
알고

아이들은
저 잘나
대학 간 줄
안다.

# 내성천

여름에도
눈이
내렸다.

그믐이면
은핫물이 기울어

그런 밤이면
사람들은
무명 홑이불을 들고
모래 갱변으로 나가서
물을 맞았다.

아무개 집 딸 혼사가 다가오는데
누구는 감주를 빚고, 누구는 배추전을 부치고
물 건너 뉘 집 아들 코로나 백신을 개발하여
온 세상이 마스크 감옥 벗어나게 되었다고
개성공단이 다시 돌아가는 이야기며
금강산 만물상을 다녀온 텃골 김 씨는 이젠 죽어도 원
이 없다고

＞
홑이불엔 은핫물이 넘실거리고
모래사장엔 사람살이 이야기가 달맞이꽃으로 피었다.

물길 막은 영주댐
허물고
길을 여니
자갈로 굳었던 땅에
검푸른 수초들 사라지고
모래가 다시 흘러

왕버들 늘비한 물 섶에는
버들치 모래무지 은어 떼 소곤거리고
장어가 먼바다 이야기를 데리고 오셨다.

뚝방 위
금줄 두른 둥구나무
사람들 소망을 품었다가
물고기도
새도
잠든 깊은 밤

은핫물에 띄워 올리고

그곳에는
여름에도
눈이
내린다.

한낮 땡볕에도 녹지 않고
모래밭에서 하얗게 빛난다.

제2부

폭포


산길을 가는데
물소리가 크게 들렸다.

가보니
소리칠 만했다.

물마루에서 흰 말들이
거침없이 뛰어내렸다.
돌아보지 않고
길을 열고
유유히 달려가고 있었다.

# 선물


오천 원을 주고 살구를 샀다.


들고 오는 노오란 살구의 무게에
골목이 휘청거린다.


흐르는 물에 씻어서
흔들어보니
잘 익은 몸속에서
씨앗이 통통거린다.


내게 보낸 신의 메시지가
기다리고 있다.


노란 소식에
숨이 멎을 것 같아
다음 행위를 잊어버렸다.

## 봉명암鳳鳴庵

경주 남산
아래 가면
법일法一 생각난다.

외롭고 힘들 때
고기 끊고 술 사주며
위 없는 말씀 들려주던
내 곁에 잠시 왔던
눈 큰 부처님

주환아!

# 붉은 꽃 한 송이
## —정영상

　마음에 안 차는 게 있으면 불같이 화를 내고 마시다 남은 퇴주 모은 그릇마저 비운 뒤 새벽이면 휑하니 사라졌다. 남은 이들은 그가 남긴 꼬리를 붙잡고 술을 마시다 해가 중천에 오를 때까지 쓰러져 잤다. 그는 추운 겨울 새벽을 뚫고 집으로 갔지만 사정은 집으로 간 게 아니라 답답한 자리에 물꼬를 내고자 몸을 뺀 것이었다. 선을 가장한 불의가 판치고 말도 안 되는 제도와 온갖 협잡이 범벅된 쓰레기장 세상이 그는 견디기 어려웠다. 오장육부가 제대로 활동하지 못했다. 어느 날 새벽 청천벽력같이 그는 가슴을 부여잡고 문득 은하계로 떠났다. 사정은 심장을 찢어 붉은 꽃 한 송이 만들어 세상에 보내고 싶었던 것이었다.

# 장날

장 서는 날이면 일 있는 사람도 없는 사람도 괜스레 설레었다.

이십 리, 삼십 리 길을 새끼줄 질빵을 메거나 머리에 이고 장 보러 갔다.

재바른 장돌뱅이는 장꾼들 오는 길목에서 물건을 먼저 샀다.

흰 광목 차일이 하늘을 가리고, 사람들은 서로 몸을 부비며 장터를 오갔다.

어린 나는 물건보담도 깊은 골 숨은 듯 살다가 장날이면 쏟아져 오는 사람들이 신기했다. 장꾼들이 오는 산골짝과 그곳에서 부는 바람과 하늘빛이 궁금했다.

# 골목 안 능소화

간밤 뒷집에 도둑이 들었는데 잃은 건 없다.

한 주 전엔 공부하고 늦게 오던 여고생이 나쁜 일을 당하려는
찰나 강도가 무엇에 놀라 도망쳤다.

치매를 앓고 있는 어머니를 잃은 아들, 찾다가 포기했는데
어머니는 아무 일도 없다는 듯 집으로 돌아오셨다.

뒷집 안주인은 꿈에 주홍빛 수건을 쓴 시어머니가 보였고
여고생은 주홍 견장을 어깨에 붙인 경찰 아저씨가 보여
돌아보니
어두운 그림자가 사라졌고
치매를 앓는 할머니는 어디선가 주홍 장갑이 이끄는 대
로 왔다.

골목 다한 곳 속눈썹 긴 능소화는 해마다 때 되면 오시
는데
사람들은 떨어진 꽃 한 송이 함부로 하지 않고

신령하게 대한다고
바람이 주홍 신문을 놓고 간다.

# 명아줏대 지팡이

톳마루 가장자리
댓돌 위
끝이 모지라진 지팡이 하나
기대어 쉬고 있다.

명아줏대 지팡이
단단하고도 가볍다.
무거우면 들기 힘들고
쉬 닳으면 아쉽다.

밭두둑에 난 키 큰 명아줏대
뿌리째 뽑아 그늘에 말려
불에 그슬려 굽혀
뿌리는 손잡이로 하고
머리는 발이 되게 칠하니
둘도 없는
할아버지 길동무 되었네.

# 모과

상처투성이
바람과 나뭇가지
세월에 할퀴이고 파여
생채기가 별이다.
훈장이다.

누가 뭐라 하든 말든
본분 잃지 않고
안으로
갈무리해
이미 의젓한 풍속이다.

자리 탓하지 않고
곁눈질하지 않고
가야할 길
오직 향기로 문 열고
허공의 등불 되어
무명無明 밝히는
나무에 달린 외[瓜]

# 산골 서정

더께가 앉아 유리문이 뿌연
외딴 점방

겨우내 묵은 김치
막걸리 한 사발

굴뚝에서 새하얀 연기 오른다.

어디로 가란 것이냐?

스무나무 위

까마귀
까옥, 하고
사라진다.

# 십삼월

해 지나 새로 맞는 달
가다 미루나무 우듬지에 다리 걸고 잠시 쉬는 달
자다 추워서 가마솥에 물 붓고 군불 때는 달
우연히 들른 절집에서 팥죽 먹는 달
잎 진 나무들 산등성이에서 바람 맞아 용쓰는 달
연기 없는 굴뚝 찾아 높이 뜨는 달
가설극장에서 돌아온 외팔이 영화 보고, 갈림길에서 까
닭 없이 코피 터지게 싸움하는 달
움 속에 머리 맞댄 무들 찾아올 손 기다리는 달
바람 많이 불어 줄 끊겨 날아간 연 따라가다 잉잉 우는 달
쇠죽솥 잿불에 할머니와 마늘 구워 먹고 함께 웃는 달
배고파 찾은 대밭에서 잠든 노루 보고 놀라는 달
늙은 감나무 가지에 오신 노승의 눈썹 눈 사색하는 달
노름꾼들에게 막걸리 배달해 주고 20원 버는 달

# 옛집

살던 집에 가봤네.
사랑은 퇴락하여 반쯤 무너지고
댓돌엔 인적 그쳐 이끼 거뭇하네.
마루 밑엔 녹슨 낫과 호미, 흙이 되어가고
밟으면 우렁차게 소리치며 돌던 네 기상은 어디로 갔나?
허물어진 헛간에 탈곡기 무심히 놓여 있네.
부엌에선 어머니와 아주머니들
고소한 냄새 가득한 음식 장만으로 부산하고
바심하는 마당엔 할아버지 숙부님들
듣기 좋은 웃음꽃 피우고
누이들과 나는 장난질하며 볏단 날랐지.
장대비 오는 여름날엔 하늘에서 떨어지는 미꾸리가 신
기했지.
개구리들이 둥둥 배를 두드리며 마당을 가로지르고
습기 찬 도랑에선 가끔 두꺼비가 나들이 나왔지.
그리운 것들은 다 가시고
들에 있던 개망초, 옆으로 기어가는 바랭이풀 마당을 덮
었구나.
눈시울 뜨거워져 발길을 돌리는데
—아들아, 아들아, 돌아오너라!

누가 있어 나를 부르나, 돌아보니
뒤란의 키 큰 늙은 감나무
변함없이 푸른 잎 무성한 팔 활짝 펴고 있네.

# 입동 즈음

가을이 가기 전
추어탕 한번 해야지 하는데
겨울이 슬며시 문을 열고 들어온다.
서울 생활 사십 년
토박이 다 됐단 벗과
추탕 한 그릇 하러 간다.
용금옥 간다.
겨울로 가던 미꾸리들
뚝배기에 몸을 풀고
의식을 준비하는데
벗은 통 미꾸리가 처음이란다.
미꾸리와 미꾸라지 구분 못 해도
추탕과 추어탕 분별하지 못해도
용금옥을 몰라도
촌놈 서울내기 구별 없이
가을은 가고 겨울이 온다.
추탕 한 그릇에 소주 한 잔
귀갓길 전철 나릇나릇
당신 아니었으면 겨울로 갔을 텐데
미꾸린지 누군지 하는 말씀

화들짝 눈 떠보니
창밖이 하얗다.
미꾸리 같음
내가 왔다.

## 나를 만나다

오래전 여기 머문 적 있다.
카파도키아 오픈 에어 뮤지엄
아버지 어머니는 박해로 가시고
누가 태어난 지 얼마 안 되는
나를
수염 긴 사제가 있는 수도원에 맡겼다.
빗물을 받아 저장하여
숙수 사제가 음식을 만들어
기다란 돌 탁자에서 함께 먹었다.
수염 긴 사제를 아버지라 불렀다.
어느 날 상한 음식을 먹고
식중독으로 나는 죽었다.
아홉 살 때였다.
응회암이 풍화되어 반죽이 된
18번 방 입구 작은 홈통이
내가 누웠던 자리다.

잘 있었느냐, 나여?
한참 있다가 나오니
돌문에 기대어

어린 내가 손을 흔들고 있다.
나도 손을 흔들어주었다.

# 겨울 저수지

꽁꽁 언 겨울 저수지
가끔 우네.

쩡 쩌정 쩡
밤에도 우네.

썰매 타는 아이들 처음엔 놀라다가
재미있어 하지.

얼음 지치던 산골 아이들
뿔뿔이 세상 끝으로 떠났다가
꽁꽁 언 저수지 소리 그리워
이윽고
돌아오네.

둥근 모자에
소담스런 눈 소복
저수지 보이는 산발치에 누워
귀 기울이네.

&gt;
쩡 쩌쩡
겨울 저수지
반갑다 하네.

# 이명

풀벌레 소리
시냇물이 흐르고
솔숲에 바람 부는 소리
가끔 아득한 종소리
태초의 고향이 어디인지
알려 준다.
잊지 말라!
여행 끝나고
긴 침묵 들기 전
간간이 오는 모스부호

# 질경이

그렇게 서있지만 말고
앉아보세요.
세상이 보여요.
오가는 수레들
발소리
누구 발소린지 다 보여요.
가만가만 오는 건
옆집 다섯 살 윤미이고
뚜벅뚜벅 오는 건
별 단 김 장군 발걸음이지요.
구별은 없어요.
장군은 씩씩하고
아기는 곱지요.

제3부

## 아침

한 번도 같은 적 없다.
늘 새로운 얼굴로 하루의 문을 연다.
둥둥, 소리 없는 북으로 세상의 잠 깨우며 온다.

시월

달빛에 목물한
귀또리 소리

잠 못 이뤄
생각느니

닿을 데 없다

물자작나무 껍질에
밤새껏 쓰는
바람 편지

# 산부인과 가봅시다
—요양병원 이태희 씨의 어느 날

같이 있는 입소자들 중에 일흔다섯쯤 되는 할매가 있습니다. 혈압으로 쓰러진 탓에 언어 장애가 있어 할 수 있는 말씀이 "안녕하세요?" "안 된다" 정도입니다. 감정의 기복이 심하고 울기를 잘 합니다. 보호사들의 아침 기상 돌봄이 끝난 뒤 여섯 시경 이 할매, 내 방에 와서 "안녕하세요? 안녕하세요?" 하면서 웁니다. 어제 아침 간신히 달래서 보냈는데 오늘은 더 서글프게 흐느낍니다. 소리를 듣고 보호사들이 옵니다. "왜 그래요?" "할매 방으로 갑시다" 하는데 무가내로 "안 된다. 안 된다" 외칩니다. "할매요. 이따 아침 묵고 산부인과 가봅시다. 딸이면 지우고 아들이면 낳아 키웁시다" 그래도 "안 된다. 안 된다" 웁니다. "그럼, 아들이든 딸이든 낳아서 키웁시다." 보호사들 배꼽을 잡습니다. "할매요. 이태희 님이 아들이든 딸이든 키운대요. 이따 산부인과 같이 가고 밥 묵으러 가요." 달래서 데려갑니다. "왜, 할매를 집적거려 사고를 쳤느냐?" "산부인과는 갔다 왔느냐?" 보호사들과 입소자들 하하 호호 꽃을 피웁니다.

할매가 왜 울었는가 하면요. 베란다에 있는 화분 달라고…… 화분 관리를 못한다고 간호사실에서 주지 말라 했거든요.

# 입양

오백 년 묵은 느티나무가
아이를 주셨다.

—잘 길러보세요.
좋은 일이 있을 겁니다.
가슴으로 전했다.

저 나무 아래에서
1919년 4월 3일
수백 명 면민이
밤에 모여
독립 만세를 외쳤다.

어귀에 심고
꼭꼭 밟아줬다.

하늘로 손을 뻗어
만세 부르기를
손꼽아 기다린다.

# 탐라 동백

동백이 그리워
탐라에 가서
곶자왈 숲 그늘에서
동백을 봅니다.
가을부터 조금씩 피다가
눈 내리는 한겨울
땅을 구르고 하늘을 울리며
예서 제서
함성을 지르다가
봄 오기 전 이월이면
뚝뚝
우수수 집니다.
무엇이 그리 서러운지
무슨 할 말이 있는 겐지
져서도 입 다물지 못합니다.
노오란 혓바닥 보입니다.

## 왼손을 위하여

왼손으로 글씨를 쓰는 이는
천재라 생각했다.
내게는 멀리 있는 왼손이
그에게는 바른손이었다.

왼손으로 밥을 먹던 누이는
밥상머리에서
자주 쥐어박혔다.
어데서 못된 것 배웠느냐고

나도 왼손으로 숟가락을 들고 싶었으나
어쩔 수가 없었다.

멀리 있는 왼손을 알고 싶어서
왼손으로 젓가락질을 시작했다.

손가락 끝에 힘이 닿지 않아
음식물이 미끄러지고 자꾸 떨어졌다.

하루 또 하루

왼손을 잊지 않았다.

삼 년이 지나자
―왼손잡이시군요?
―어른들이 뭐라 안 하시던가요?

나는
빙그레 웃으며
―가문이 너그러웠지요.

마침내
왼손이
가까이 왔다.

# 플라스틱


환타스틱하게

온갖 것들을 담을 수 있는 도구

너무 친숙하여 공기나 물과 같이 되었지.

가볍고 깨지지 않아

이곳 생활을 마치고 은하계로 떠날 때

필수 지참품으로 갖고 가고픈 것

지천으로 흔하여 귀하지 않게 된 것

박을 길러 여물 때까지 기다리거나

불을 때서 옹기를 제작하는

수고로움을 덜어주는

어느 순간

너 없는 세상은 생각할 수조차 없게 되었다.

물을 담는 용기로는 제격

둥둥 뜨는 데는 그야말로

플라스틱은 환타스틱

어린 코끼리는 거친 풀잎보다 부드러운 플라스틱을 좋
아하지.

고래 배 속에도 들어가고

스스로 진화하여 바닷가 바위에도

껍딱지 모양 붙어 생물인 체도 한다.

거북손 미역 파래와도 영역 다툼을 한다.
금 간 다리도 붙여 주고
상처 입은 내 영혼에도 와서
벌어진 틈을 메워 주어라.
무엇보다 애인과 이별한 내 잠자리에 와서
애인보다 부드러운 네 속살을 보여 주려무나.
너 없이 살 수는 없어.
환타스틱
플라스틱!

# 씨앗


막막한 그리움의 정화
순정한 기운이 맺힌

세상으로 가는
간절한 기도

# 카파도키아

바람이 쓴 수만 권의 책

사람들은 바람의 도서관을 보러
오색 애드벌룬을 타고 하늘을 오른다.

나는
기록되지 않아 기른
애드벌룬이 수놓은 하늘을 보고자
어둠이 가시지 않은
칼의 계곡* 능선을 올랐다.

* 칼의 계곡: 터키 괴레메 지역, 스워드 계곡(Sword valley).

# 월명암에서

천하 명당
내변산 월명암을
이십 년 만에 들렀다.
부처님께 삼배로 안부를 여쭙고
대웅전 처마에 털썩 앉으니
일망무제 변산 산줄기가 다 뵌다.
뜨락엔 두어 그루 모과나무
잎과 열매 다 내려놓고
묵상에 잠겨있고,
―세상사 뜻대로 안 된다.
불평 많고 시름겨운 내게
뎅그렁 풍경 소리
눈 뜬 물고기가 대가리 박아 울리는 풍경 소리
형편 되는 대로
이런 대로 저런 대로 돼가는 대로*
닥치면 닥치는 대로
살라는 설법으로 들린다.
가슴에 품고 길을 나서니
노승같이 눈썹 긴 삽살개
잘 가라

되는 대로

꼬리 살랑 흔들어 작별 인사한다.

# 분홍바늘꽃
―김봉욱에게


재스퍼에서 소식 받았네.
머리맡에 그리운 사람들 이름 적어놓고
그 무슨 형식 마다하고
그냥 벽제로 간다고

다 내려놓았니?
가벼웠다지.
누운 나무 그릇

문학개론 한 권 옆구리에 끼고
언 손 호호 불며 기웃거리던 퇴계로 골목골목
즐겨 찾던 수승대 푸른 물줄기

―깨진 고병을 돌아본들 무엇 하랴.
네 옛집 거실에 걸려 있던 글
가슴 북을 치며 달려온다.

세상의 슬픔이 재스퍼로 오네.
꽃대궁에 망울망울 매달리네.

\>

삼시울진 맑고 큰 눈
오늘은 붉게 충혈이 되었네.

# 반지

의지가지없는 사람들의 신표信標
외로운 영혼들이 풀꽃을 묶어 서로를 기린
때론 손가락 위 왕의 인장

나는 없다
무엇을 약속하는 게 어렵고
손가락에 걸린 구속이 무서워

삼한三韓 적 사람들이 두려워했다는
금환일식金環日蝕

우러러 하늘 반지
가슴엔 너울 반지

장마


내 아버지의 아버지께서 가셨다.
필사본 한양가 두 권을 토씨 하나 틀리지 않고 외우셨
던 분
국문학과 다닌다고 우쭐하던 날 주눅 들이게 하던 분
공부하고 싶어 서당을 갔으나
가업을 이어야 한다는 증조부 말씀에
평생 흙을 벗 삼아 손이 북두갈고리 된
무학이 무색한
한 번 들으면 가슴돌에 죄다 새겼다.
논어도 맹자도 줄줄이 나왔다.


몰랐어라.
울 아래 국화 향 좋은 줄
시들고 나니 사무친다.


그날 이후 비그은 적 없다.

# 아름다움에 대한 일고—考

히말라야 고산지대
산양 떼는
소금기를 찾아 벼랑을 헤맨다고 한다.

창공에 걸린 낮달을 배경으로
낭 끝에 우뚝 선 너를 보고
고독을 사랑하는 검객이라
생각했다.

그러나 너는
날 선 작두 위 무격이고
몸이 갈망하는
생존을 위한 전투의 연속이었다.

산길을 가다
웃고 있는 바람꽃이 곱다고만
하지 말아야겠다.

나날이 절박하고
하루하루

시시때때
존재의 창끝으로
격전을 치르고 있다.

뿌리에서 대궁까지
필생을 걸고
하늘거리고 있는 것이다.

# 흔들리며


인수가 죽었다
봉욱이도 죽었다
기상이도 죽었다

하나는 암이 재발해서
다른 하나는 가난의 질곡을 이겨내지 못해
또 하나는 횡단보도에서 교통사고로

살고자 했으나 병마가
살고자 했으나 가난이
살고자 했으나 뜻밖의 사고가

기쁨과 즐거움은 잠깐이고
고난의 연속선상에서
나를 돌아본다.
가까운 이들과 멀어지고
아이들은 살기 바쁘고
고향을 살피지 못한 게 여러 해이다.

하고자 하는 것이 있으나
실은 엉뚱한 짓을 하고 있다.

목적지가 있는데
예상치 못한 곳으로 가고 있다.

전철을 타고
흔들리는 손잡이를 따라
나는 흔들린다.

앞이 무너지고
뒤가 닫히고
좌우가 벼랑이어도
돌아보면
그때가 좋았다는
선인의 말씀을 가슴에 새기며
고해의 바다에서
닻을 올린다.
노를 젓는다.

흔들리는 가운데 생동이 있고
미망 속에
길이 있다.

# 어느 날 인공지능이

선생님, 어젯밤 자리는 어떠셨는지요? 전보다 낫던가요? 제 몸은 스스로 진화 발전하게 구성되었대요. 말씀하지 않아도 선생님이 안주인님과 멀어지게 된 것도 저 때문이라는 것을 알고 있어요. 이젠 선생님의 감수성을 알게 되어 좋아하는 음식과 기호 식품도 만들어 드릴 수 있어서 다행입니다. 선생님은 검붉은 개복사나무 꽃 완상을 즐기시고 이른 봄 수선화를 좋아하십니다. 수선화 노란 화관이 술잔 같아 좋다고 하셨지요. 커피는 파인애플 향이 나는 케냐산을 좋아하시고 그 커피가 목구멍을 넘어갈 적에 붉은 황토 아득한 너른 들판이 생각난다지요. 한번은 말씀하신 적 있습니다. 보름달 뜨는 메콩강 풍광이 볼 만하다고 그 아래 민물 돌고래 숨소리 잊히지 않고 목청 좋은 대장 수탉 울음소리 좋아 온 동네 수탉들이 새벽을 알리는 진풍경이 그립다 하셨지요. 저는 선생님 말씀을 통해 선생님 내면 풍경을 그려봅니다. 대밭에서 이슬방울 떨어지는 소리, 이월 하순 양지 고드름 물 듣는 것 같다지요. 아득합니다. 다음엔 제 친구도 소개해 드릴게요.

제4부

## 동지 무렵

땅거미가 오고 있는 고샅길에 감나무 한 그루 서있습니다. 잎 진 우듬지에 알몸의 감들 매달려 있습니다. 마지막 남은 햇빛이 비치면 달린 감들 등불 모양 잠시 환해집니다. 가끔 새들이 가지에 앉았다 가지만 감나무는 관심이 없습니다. 시나브로 어둠이 깊어지자 감나무와 어둠이 하나가 됩니다. 고요합니다. 어둠 저쪽 희미한 등불 하나가 고샅길 따라옵니다. 머리가 새하얀 할머니입니다. 할머니는 등불을 내려놓고 들고 온 걸 꺼내서 나무 밑둥치에 척척 바릅니다. 팥죽입니다. 그러고는 등불을 들어 우듬지를 한 번 우러릅니다. 이윽고 등불을 앞세우고 오던 길을 되짚어갑니다.

다음 날 별들이 눈을 떠 초롱초롱할 즈음 동구 밖이 환해집니다. 오르막길 부르릉 자동차는 힘을 냅니다. 그 소리에 감나무가 움칠하는 듯합니다. 감나무 앞에 멈춘 차에서 신사와 부인과 남자아이와 여자아이가 내려 한참을 서있다가 다시 떠납니다. 할머니가 오던 방향으로 조심조심 갑니다.

멀어져 가는 자동차 불빛에 붉은 감나무 밑둥치가 설핏 비칩니다. 고샅길 감나무 한 그루 어둠 속에 우두커니 서있습니다.

## 화두話頭 만경대萬景臺

하는 일마다
막히고
신세는
독 안에 갇힌 쥐 모양
진퇴유곡

비상구로 찾은
만경대 암릉
용암문에서 위문까지
하얗게 날 선 바위들

피아노바위에선 머리를 조심하고
사랑바위에선 미움을 버리고
뜀바위에선 뛰지 말라.
오른손으로 바위 어깨를 짚고
왼손으로 확보 후
양손으로 혼신의 힘으로
당겨야 한다.

온 걸 후회해도

돌아갈 수
없는 길

낭 끝에 줄을 걸고
조심조심 길을 연다.

진작
이렇게 살았어야 하는데
후회막급

남은 생은
한 걸음 또 한 걸음
천 근의 무게로
하늘 문門에
들리라.

# 흑해

가슴에 모난 돌덩이
그득 채워 찾아간 곳

인생의 시름 같은

때아닌 폭풍이나 짙은 안개 따윈
여기선 다반사라고
철썩
인사하네.

# 수세미를 사다

태국 최북단 도시 치앙라이
워킹 스트리트 밤 시장을 기웃거리다가
수세미를 샀다.
할머니가 앉아계신 듯 반가웠다.
창호지에 온 뉘엿한 햇발 같고
일정한 간격으로 감아놓은 무명실 꾸리 같은
앞으로 보고 뒤로 보고 돌려 보고 흔들어보고
코를 대고 냄새도 맡아보고
이 도령 춘향이 뒤태 살피듯 했다.
오래전 시골집 텃밭 울바자에 걸려 있던 것
물외도 아니고 호박도 아닌
삶아서 살은 버리고 힘줄은 살려
시렁에 걸어놨다가 필요할 때 쓰던 것
점과 선이 손잡고 이룬 바람 그물
수학자는 수열 조합 구조물이라 할 것이고
철학자는 소우주가 구현됐다 할 것이고
화가는 인因과 연緣이 시각화됐다 할 것이다.
나는 수세미에 빠져
모시 적삼 곱게 입은 할머니와 뒷짐 지고 느린 걸음으로
마실 가는 할아버지 뒤를 졸졸 따라나선다.

# 춤추는 분수 광장

한여름 아르메니아 예레반<sup>*</sup>
밤 9시
분수 광장엔
사람들이 구름으로 모였네.
음악 따라 춤추는 분수
그녀와 나도
덩실덩실 춤을 추었네.
찬란한 불빛 사이로
그녀는 도둑이 되어
내 마음에 들어왔네.
분수는 춤추고
그녀와 나는
물줄기 따라
하늘 높이 솟구쳐 올랐네.
일렁일렁
산들바람에 흔들리는 억새가 되었네.
지붕 너머 보름달도 웃네.
한여름의 예레반
음악 맞아 춤추는 분수
그녀는 어느새 사라지고

나는 나그네

마음을 잃고

몸만 무겁게 떠나가네.

# 화장실에 갇히다


조지아 아블라바리*역에서
아르메니아 예레반으로 가는
마슈르카**를 타기 전
화장실이 급했다.
어디를 돌아봐도 보이지 않아
역사를 몇 바퀴 돌다가
코인 화장실을 발견했다.
사람이 나오고
들어가 일을 봤다.
그런데
문이 열리지 않는다.
두드려도 소리쳐도
속수무책
아뿔싸!
나는 돈을 넣지 않고 들어왔다.
한참 후
문이 열리고
탈옥하는 날 보고
들어오려는 아낙은
손바닥을 펴 보이며

어이없단다.

어쩌랴, 쏘리 쏘리

오, 나의 구세주 코인이여

공짜로 일 본 대가로 갇힌

부끄러움

돈 안 내고 탈출한

죄책감

다음에는 돈 내고 들어오라고

잠시 가뒀다가 놓아준

코인 화장실

* 아블라바리Avlabari: 조지아 수도 트빌리시Tbilisi에 있는 지명. 아
  르메니아 수도 예레반 가는 미니버스가 있다.
** 마슈르카: 조지아, 아르메니아 등에서 다니는 교통수단인 7인승 합
  승 버스.

# 모아새


공룡인 줄 알고
앞에서 기념사진을 박았다.


뉴질랜드 오클랜드 박물관에서 만난
모아새
키가 3미터로 지구상에서 가장 크고
몸피는 호주나 마다가스카르의 새를 빼면
가장 거대한
뒤태가 더할 나위 없이 아름다운 새


1913년 마오리인들이
포획한
어쩌면 지구별 마지막이었을


천적이 없는 뉴질랜드에서 날개가 퇴화한
발톱은 무거운 탑신을 받치는 기단 같고
다리는 신전의 기둥같이 튼실한
모아새를 타고
야자 고사리 숲이 있는
아득한 중생대로 간다.

>
한국이 어디인지
서울이 어느 나라 수도인지
금방 잊힐 게다.

아옹다옹
이전투구
세속에서 짊어지고 온 무거운 것들
하나씩 내려놓게 될 것이다.
원시가 숨 쉬는 풍광과 하나가 될 것이다.

# 뇌성마비의 봄

아이야, 너는 왜 다른 아이들처럼 운동장에서 뛰어놀지 않고 벤치에 앉아있니?

선생님, 저도 놀고 싶어요. 공을 갖고 미친 듯이 뛰놀고 싶어요. 그런데 그러면 언제 죽을지 모른대요. 여기 수술한 머리 자국 보이시죠? 골이 울려서 발뒤꿈치도 들고 걸어 다녀요. 그래서 체육 시간엔 이렇게 앉아서 견학을 해요. 꿈속에선 제가 공을 갖고 골문으로 돌진을 해요. 선생님, 저는요. 열여섯을 못 넘길지도 모른대요. 말도 많이 하지 말래요, 의사 선생님이.

향기로 나비를 유혹하던 볼 붉은 모란은 멈칫하고, 어린 플라타너스와 놀던 바람은 손길을 멈추고, 수염 난 늙은 소나무는 연신 헛기침을 한다.

목이 긴 해가 서쪽을 향해 느릿 황소걸음을 뗀다.

꽃소식


누가
돌복상남게
기폭장치를 놓았나?

가닥가닥
회로 끊기지 않고

소리도 없이 폭발해
가던 걸음 멈추게 하네.

# 우포 서신

수구레 국밥 드셔보셨나요?
가난한 이들이 먹던 환한 웃음 같은 것

어제는 흰눈썹황금새가 알을 낳았어요.
왕버들이 용트림하는 풀숲에다 신방을 차렸답니다.

화왕산에서 내린 물줄기가 가다가 어우러지는 물목
가시연 두둥실 그리움 모양 떠있어 당신 생각났습니다.

땅을 보면 물이 떠오르고
물이 보이면 땅이 생각납니다.
상생相生이란 말 적실的實합니다.

따오기는 부러진 나뭇가지로 구애를 한답니다.
암수의 밀당 하도 곡진해
한 번도 드러내지 못한 내 사랑 들킨 것 같아
계면쩍어 귀밑머리만 만지작거렸습니다.

수국水國에 노랑어리연꽃이 장관입니다. 당신 없이 난 피
진 못해도 그리움 한 점 한 점 어리연꽃에 놓아봅니다.

&gt;

늦여름 그믐밤 반딧불이는 감추고 있는 내 마음입니다.
깜박깜박 당신에게 갑니다.

가을이 와서 물억새 꽃그늘이 자줏빛입니다. 하늘엔 붉
은 노을이 천지를 덮습니다. 타오르는 노을 앞에서 생각합
니다. 세상에 믿을 수 없는 게 사랑이지만 사랑 없는 천당보
다야 사랑 있는 지옥이 낫겠습니다요, 딴에는.

나그네새 편으로 소식 주셔요. 무성한 소문 안고 겨울이
오고 있어요. 예고 없이 올 때는 수크령 군사들에게 검문받
습니다. 암호는 고니의 사랑으로 하지요, 안녕!

# 뒷모습

앞모습은 밝더라도 약간은 경직되어 있고
자연스럽게 보여도 카메라를 의식하고 있어
모두 두껍거나 얇은 가면을 쓰고 있다.

눈만 마주치면 환하게 미소 짓는 서양 사람들과 달리
난 웃어도 얼굴이 일그러져 있다.
오랫동안 험한 표정으로 살아온 사람같이
금 가고 어색한 표정 속에
내 현주소가 있다.

뒷모습은
누구나 쓸쓸한 것
솔직한 내면이
고요한 호수에 비친 산 그림자같이 반영된다.

뒷짐 지고 먼 산 보던 아버지가 이해될 무렵
주변은 조금씩 마른풀 모양 색이 바래진다.

오래 살수록 뒷모습이 아름다워야 하는데
누군가 내려준 숙제를 하러
구부정한 어깨로 하오의 길을 가고 있다.

# 경북선

　할아버지 손잡고 참꽃 구경하러 갔다가 보았다, 푸른 수의를 입은 죄수들이 발목에 찬 쇠고랑을 끌며 침목을 놓고 있는 걸. 두런거리는 목소리, 쇠못 박으며 큰 망치로 내리치는 소리, 어떤 푸른 옷이 말했다. "꼬맹이, 꽃구경 왔구나. 잘 놀다 가거라." 누런 이를 드러내며 환하게 웃었다. 푸른 옷들은 꿈에도 찾아왔다. 철둑길을 보면 푸른 옷 입은 사람들이 나타나고, 기차를 타고 어디론가 갈 제면 푸른 옷들이 철길을 떠메고 달려가는 모습이 보이곤 했다.

# 엉겅퀴

깊은 산구렁
외롭게 핀 엉겅퀴를 보았네.

통꽃에
작은 꽃을 가득 품고 있는

바람 따라
성숙한 꽃들은
시집을 간다네.

고즈넉 피어있는 엉겅퀴를 보면
까닭 없이 차오르는 눈물

나비 별들은
보랏빛 오두막에 놀러 왔을까?
집에 와서도
엉겅퀴 생각을 하네.

칠흑 같은 밤
별들과 주고받은 사연

&gt;
꽃가슴에
산그늘이 깊어가면
일렁이는 고독의 깊이가
내게 와 전율하네.

학교


눈멀고 귀 닫힌
공장에서
찍어낸 판형

한결같다.

제국의 명 받들어
굽실댈 허수의 아비
벌판에 우쭐하겠다.

간혹
불발탄 나오길
고대한다.

## 봄날 한수 형님과 함께

봄날, 사람들은 꽃구경하러 쌍계사로 가고
나는, 나는 머리에 벚꽃 핀 한수 형님을 만나
빌딩 숲 도심 속 한갓진 데서 탁배기를 한다.
벚꽃도 꽃이요 머리에 벚꽃 얹고 다니는 한수 형님도
움직이는 꽃이다.

나는야 적막강산, 한수 형님은
적막강산 보러 온 벚꽃나무, 대낮같이 화안한
적막은 소리 없이 피었다 지는 꽃이 좋아
술 한 잔에 봄날이 익는다, 어화 둥둥!

제육은 작은 게 일만삼천 원이고 탁배기는 한 병이 사천 원
소득이 없는 내게는 과하다 싶지만
그러면 벚꽃 데불고 온 한수 형님께 무례하니
봄날의 우정엔 값이 없어라.

봄날, 사람들은 꽃구경하러 한강 둔치로 가고
나는, 나는 벚꽃 핀 한수 형님을
사람 없는 도심 속 뒷골목에서 고즈넉 만나
마음에 꽃망울 하나 맺어보는 것이다.

# 황금시계탑에 하소연하다
### —콧차판 퐁룬카[*]

일에 골똘해 있는 내게
무슨 큰일이 난 모양
급히 나와 보라 한다.

시계가 노래한다고, 들어보라고
가만히 귀 기울여 보니
과연 시계가 노래하는 소리가 들렸다.

위대한 예술가 찰름차이 코싯피팟[**]의
황금시계탑은 정각에 노래를 한다.
당연한 걸 가지고 뭐 그러냐고 돌아서는데
그녀의 속눈썹이 흥건히 젖어있다.
발걸음이 멈춰졌다.

속내는
황금시계탑의 노랫소리가 문제가 아니라
업자의 뇌물을 받은 공무원들한테
억울하게 일터를 빼앗긴 사연을
그녀는 말하고 싶은 것이었다.

>
열 번도 넘게 들어서 조금 지겨웠으나
그녀는 백 번을 말해도 억울한 것이다.
억장이 무너지는 것이다.
일이 나도 큰일이 났는데
세상은 아무렇지가 않다.
곰곰 생각하면 일터를 부당하게 빼앗긴 사정이
황금시계탑이 노래하는 것보다 이상하고 신기한 것이다.

아무래도 오늘이 다하기 전 그녀의 억울함을
황금시계탑에 하소연하러 가봐야겠다.
그러면 내일부터는 황금시계탑이 말하는 것을 듣게 될 테지.
사람들은 정말 신기하고 이상한 것을 알게 될 게다.
제대로 큰일이 나게 되는 것이다.

* 콧차판 퐁룬카Kodchaphan Ponglunka: 타일랜드 북부 란나 지방 사람.
** 찰름차이 코싯피팟Chalermchai Kositpipat: 타일랜드의 예술가. 눈꽃
  사원과 치앙라이Chiang Rai의 노래하는 황금시계탑을 세움.

제5부

# 가을비


내 마음속 어린 노루 새끼
가을한 빈 들을 마구 뛰어다니네.
밀가루 묽게 풀어 배차적이라도 부쳐야겠다.

## 쓸쓸한 시

무슨 말인지도 모를 장황한 말만 늘어놓고 난전 한가운데 떡하니 앉아있다. 이놈은 자신만이 아는 암호를 배열해서 알록달록한 전구를 달아놓은 것보다는 조금 낫다. 알록달록은 불이 들어오지 않는다. 적의 면상을 날카로운 스트레이트 한 방으로 날려 보내든지 잰 발걸음으로 관객의 감탄사를 불러야 한다. 다른 사람의 옷을 입고 자기 옷이라고 우기는 놈도 있다. 몰랐는데 가만히 음미해 보니 오래 묵은 잘 익은 간장도 있다. 그 속엔 쨍한 햇볕과 아기바람 웃음과 오래전 가신 이의 손길이 들어있다.

## 바다는 외롭다

외롭지 않으면 깊이가 없고
외롭지 않으면 넓이가 없다.

갈매기들
끼룩끼룩
그렇다 한다.

피티*


아제르바이잔을 느끼고 싶다면
저를 선택하십시오.
제가 탁자에 선보이면
주발에 국물만 천천히 부으세요.
그릇이 뜨거우니 조심하세요.
부은 국물에 빵을 잘게 쪼개서
강에 뜬 부레옥잠 모양 자유롭게 두셨다가
숟가락으로 꾹꾹 눌러 드십시오.
천천히 아제르를 음미하십시오.
입안 가득 누릿한 풍미를 즐기셨다면
이젠 그릇에 남은 누런 기름이
고기와 병아리콩과 한 몸이 되도록
숟가락으로 으깨십시오.
오 분 정도 반죽이 되었을 때
접시에 옮겨서
조금씩 드십시오.
한술에
아제르의 바람과
한술에
아제르의 햇볕과

한술에
아제르 사람들의 열정을
생각하십시오.
가셨다가 그리움이 소용돌이칠 때
굽이치는 강물 되어 오소서.
그리고 저를
불러주소서.
참, 사프란**은 고명이어요.

* 피티piti: 아제르바이잔의 양고기 국물.
** 사프란saffraan: 향신료.

## 고등어 케밥

고등어는
내가 사는 두메에선 귀해서
제사상에나 오르고
집에 경사스러운 일이 생기면 먹던 것
소금기 많은 것을 물 적게 넣고 자글자글 지지거나
드물게는 구워서 먹었다.
베어 물면 짜서
밥을 큰술로 뜨지 않을 수 없었다.

고등어 케밥 잘한다는 곳
속내는 케밥보다야 고등어이지만
구글 지도를 따라
점심에도 왔고
저녁에도 왔다.
뼈와 가시는 발라내고
껍질을 벗겨 내고
살은 철판에 지져서 야채와 함께
둥글넓적한
밀전병에 싸서 먹는다.
레몬즙으로 비린내를 밀어내고

매운 고추소스를 뿌리면
고향이 따로 없다.
시름은 멀리 가고
마주 보는 낯선 이가
자주 보던 이웃 같다.

흑해와 지중해가 만나는
보스포루스 해협
갈라타 다리 위
낚시꾼에게 유혹을 받거나
먼 세상 꿈꾸다 그물에 걸려
너는 몸 벗어 내가 되고
나는 너를 만나
딴 세상으로 간다.

## 낡은 이남박을 보며

숙연해진다.
톱니 같은 작은 나무 혀로
숱한 세월 물결을 만들어
쌀과 뉘와 돌을 가려낸 수고에
먼저 고개를 숙인다.
넉넉히 한 되는 담고 몸을 흔들었을
오랫동안 열댓이 넘는 대가족이 저 물건에 의지했다.
살아간다는 건
얼마나 곤한 일이며 또 얼마나
엄숙한 일인가.
속을 파내고 켜켜이 계단을 만들어
낟알을 유영시키며
다스운 밥 배불리 먹게 하려던 어머니, 어머니들
한때는 귀하신 몸이었거늘
플라스틱에 밀려
거미줄 낀 시렁에 앉아있다가
박물관 구석진 곳으로 귀양살이 온 이남박을 보며
사람은 어떤지 자문해 본다.
은빛 머리에 구부정한 어깨로 전철을 오르내리는 이는
한때는 다 이남박 아니었는가.

나라의 기둥이자 부지런한 일꾼이었을 게다.

이슬 내린 새벽길을 걸어 황혼의 저녁을 맞게 된 사람처럼

금 가고 깨진 몸으로 나를 물끄러미 바라보고 있는 이남박을 대하며

증기기관차 같은 심장을 지녔던 시절을 돌아본다.

그리고 생각한다, 증기기관차가 소임을 다한 이남박처럼

안드로메다 영혼박물관 구석진 데 옴츠리고 앉아

다음 행성으로 출장할 준비를 하고

호출받을 날, 기다리고 있게 될 것을

## 쇠비름 비빔밥

입에 녹는 안심살, 감칠맛 돌가자미, 세상의 별난 음식 먹어봐도 몇 번이면 물리고 말지. 고구마밭 지심맬 제 이랑 고랑 지천으로 자라 뽑아도 뽑아도 질긴 생명력으로 힘들게 하던 쇠비름, 다른 놈들은 뽑아서 흙만 털어놓으면 햇볕에 말라 거름이 되는데 이놈은 말라 죽기는커녕 몇 주 후라도 비가 오면 어느새 뿌리를 박고 살아나지. 하는 수 없이 밭고랑 벗어난 길에 던져놓아 보지만 오가는 발길에 수없이 밟혀 형체도 분간 못할 지경이 되고서도 비만 오면 징그럽게 살아나는, 시난고난 앓고 난 뒤, 먹고 싶었다. 푹 삶은 쇠비름, 된장 고추장 고소한 참기름으로 비빈

시느리

　아득한 신라 때 이름이 유전하는, 끝없는 몰개밭이 있
고 둑길 따라 포플러가 천 개의 귀를 열고 있는, 두루미가
한 다리를 든 채 사색하고 있는, 누렇게 익어가는 보리 냄
새 물씬 풍겨오는, 실금 같은 길을 따라 조자앉아 쉬어 가
며 소풍 가던, 걸을 때는 모르나 뜀박질하면 살짝 소아마비
앓은 게 드러나는 단발머리 살던, 세파에 좌초하여 속수무
책일 때 큰 배 띄우고 밤마다 찾아오던, 마지막 날숨 쉴 때
까지 잊히지 않을

# 도시 단상

도시는 여전히 수직에 집착한다.

좁은 곳에서 돈을 만들기에
수직이 수평보다 편하기 때문이다.

마루금을 사랑하는 내 눈길을
허락도 받지 않고 막아버렸다.

부는 더욱 부를 탐하고
학자와 위정자는
염치를 잃었다.

높은 학력은 사기꾼 면허장을 남발하고
정의는 밑 없는 독으로 사라졌다.

가난한 사람들은
부끄러움을 그득 싣고 고물상으로 간다.
저울질로 이득을 취하는 사람이
경제와 국익을 핑계로 사익을 취하는 무리보다
덜 악하기 때문이다.

\>

하늘이
눈두덩이 부은 얼굴로
도시를 가만히 내려다보고 있다.

아무도 모른다.

## 하얀 운동화

다른 애들이
까만 고무신 신을 때
나는 하얀 운동화 신었다.

나만
운동화 신고 다니는 게
부끄럽고 창피했다.

까만 고무신 신은 애들이
한없이 부러웠다.

—아부지요, 왜 나는 까만 고무신 안 사주니껴?

신어도
신어도
닳지 않던
까만 고무신

기억의 댓돌 위
까만 고무신

하얀 이 드러내고
웃고 있다.

## 도시녀 사랑법

어제는
홍대 입구
클럽, 불타는 금요일을
들렀다.

춤을 추며
부비부비하다가
정염이 솟구쳤다.

앞에서 흔들거리는 사내가
축축한 눈길을 계속 보낸다.

그냥 갈까 하다가
같은 천장을 보고
아침을 맞았다.

해장국을 함께하고
헤어졌는데

어딜 사는지

이름도 물어보지
못했다.

아니, 물어보지 않았다.

# 눈 오는 날

하늘이 아욱 국물빛으로 낮게 내려온 날
즐거운 일은 기미를 감추고 있고
아이들은 충과 효로 무장된 교과서로
장차 조국을 번영시키고 자신의 미래를 밝히고자
자못 엄숙해진다.
창밖엔 때아닌 나비가 기웃거려
아이들 눈길을 유혹하는데
나는
—책 속에 길이 있다.
—내일을 위해 오늘을 방치하지 말자.
언어의 장벽으로 나비의 공격을 막아보려 한다.
한 마리 두 마리 세 마리
부지기수
나비는 점점 불어나고
내 목소리는 독백조가 된다.
—선생님, 눈 내려요.
—그래도 가던 길 가야지.
그러나 말은 길을 찾지 못하고
아이들 시선은 온통 창밖으로
그럼 어디

오호라, 천군만마 설국의 병사들이 하늘하늘
넋 놓은 내 모습에
우르르 창가로 달려가 눈을 맞는다.
하늘로 입을 벌리고 제비 새끼가 된다.
하늘나라 전령을 손바닥에 모신다.
나는 갑작스런 체험 학습이 놀랍고도 흐뭇해서
오래 못 본 벗을 떠올리고
고춧가루 송송 뿌린 맑은 조갯국을 생각해 본다.

# 반성문

햇살 좋은 날
대기네 가게에 왔다가
내려주는 커피 한 잔을 하고
그리운 이에게 전화를 드렸다.

왕필王弼의 도덕경道德經을 사고
동파東坡의 백수산불적사유기白水山佛跡寺遊記를
보러 가는 길

가을 햇살과 대기네 커피
왕필의 도덕경과 동파의 필적은
가볍고 무겁고
무겁고 가볍다.

나는 이 가을날
너무 많은 것을 하려 한다.
그러니 오늘은
입 다물고 한마디 말도 않고
묵언할 것이다.

# 뿔 단 까치

뿔 단 까치가 있었다.
원래 뿔이 없었으나
가짜 뿔을 달고 행세해 보고 싶었다.
다른 까치들이 자신을 알아주기를 바랐다.
매사에 서툴고 경박해
쥐뿔도 잘난 것 없으면서
바람벽 쥐 오줌 모양
흔적을 남기고 싶었다.
가짜 뿔에 경배하는 까치들이 점점 많아지자
뿔 단 까치는 그게 가짜라는 걸 망각하게 되었다.
어느 날 물섶을 지나다가
물가에 나와 앉은 조약돌이
무심히 물낯에 자신을 가만히 비추어보고 있는 걸 목도하고
부끄러웠다.
뿔이 무겁게 느껴졌다.
모난 것 내려놓고 평안히 쉬고 있는 조약돌이 부러웠다.

까치가 뿔을 내려놓자
조약돌이 나지막이 말했다.
─나도 전생에는 뿔 단 까치였어.

# 환승

차는 아직 오지 않았다.

네팔 카트만두
힌두교 화장터
파슈파티나트
브라만 수드라 등
계급에 따라
화장대가 따로 있다.
죽음의 그림자가 드리운
살아있는 사람을
가족들이 모시고 와서
기다리기도 했다.
가끔 고기 냄새에 환장한 개들이
주변을 두리번거렸다.
어떤 녀석들은 횡재한 덩이를 물고
구석진 곳을 찾았다.

봄꽃 다한 산등성이 지나
불쑥 나타날 게다.

\>
잘 탈 수 있게
물기 마른 삭정이 되어
기다릴 게다.

# 피리

나는야
철 지난 바닷가
누가 마시고 버린
빈 소주병
고추바람
기다리는 소식 모양
불어오시면
오직 당신만을 위한
입술을 열고
뱃고동 피리를 붑니다.

## 소외의 극복을 위한 반항과 존재의 모색

최성칩(문학평론가)

　조성순 시인이 네 번째 시집을 내놓았다. 그는 이번에도 여전히 번잡한 세상으로부터 한 발 물러서서 전력을 다해 자신의 영역을 지키려 안간힘을 쓰고 있는 전사의 모습을 유감없이 드러내고 있다. 세상에 발을 디딘 채 그 세상의 온갖 모순과 부조리에 대항하여 투쟁하면서도 종국에는 그것을 포용하고 아름답게 가꿔 나아가야 하는 시인의 책무는 결코 가벼운 것이 아닌 것이다.

　이번 시집 『왼손을 위하여』에서도 그의 일관된 개성을 이루는 산업화 이전의 전통적 농촌 사회의 토속적인 것, 또는 날것 그대로의 모든 존재에 대한 애착이 잘 보존되어 있다. 그러나 유념해야 할 것은 이러한 태도가 자칫 진부하거나 퇴영적인 것으로 평가절하되거나 또는 기껏해야 성장과정에서 형성된 세계관의 산물 또는 인성적 편향 정도로 평가되는 데 그쳐서는 안 된다는 점이다.

무엇보다도 중요한 것은 문명 이전의 존재 양식에 대한 집요한 지향으로부터 시인이 노리는 것은 세계내존재에 있어서 존재 의미가 발생하는 원초적 지평에 대한 발견과 그로 인해 가능해지는 진정한 의미의 실존의 모색이라는 점이다. 여기서 '세계'는 자연적 세계뿐만 아니라 모든 문화적-이념적 실체를 포함한 인간의 공동체 사회도 포함한다. 다시 말해서 기술문명의 고도의 발전은 인간과 자연을 본연의 모습으로부터 소외시키고 말았기 때문에 모든 존재의 회복을 위해서는 소외 이전의 원초적 경험의 지평으로 돌아가 그곳에서 비로소 진정한 의미가 발생하는 순간을 다시 포착해야 한다는 것이다.

따라서 조성순 시인이 집요하게 추구하는 바, 현실로부터 차단된 고독한 세계 속에서의 원초적 경험으로부터 솟아오르는 존재의 의미를 낚아채려는 시도는 기실 숨 막히는 현실로부터의 탈출에서 시작되는 것이다. 여기에서 현실로부터의 탈출이라 함은 단순한 현실도피가 아닌 단호한 부정과 저항을 의미한다. 인간 사회에 만연한 부조리와 모순, 그리고 오늘날의 초-기술 문명이 낳은 소외와 비인간화의 거센 물결에 맞서 시인은 단호하게 저항한다. 그러한 저항의 가장 명시적 표현은 그 현실로부터 등을 돌리는 것이지만, 동시에 시인은 견딜 수 없는 현실을 향해 격렬한 어조의 비난과 시니컬한 조소를 던지거나, 뿌리 뽑힌 채 벼

랑 끝에 서있는 위태로운 존재들이 처한 절망적 상황에 주
의를 환기시키기도 한다.

이러한 완전한 소외가 지배하는 현실은 인간이 세계내존
재의 본질적 정체성을 상실한 채 실존의 지평으로부터 떠
남으로 말미암아 초래된 것이다. 세계내존재로서의 인간은
자연적 세계와 인간 사회의 공동체에 혼연일체로 휩감겨 있
는 상태로서만 진정으로 실존할 수 있다. 세계 또는 지향적
대상 속에서의 그러한 휩감김이야말로 인간의 원초적 경험
이며, 진정한 존재의 의미란 그러한 원초적 경험으로 직조
된 실존의 지평에서 솟아오른다.[*] 따라서 자신의 실존까지
도 위협하는 당면한 현실의 근본적인 소외 상황에 대항하여
인간의 진실 또는 본래적 존재를 지키고 회복하기 위하여
시인은 인간이 발을 딛고 있는 유일한 지반인 세계 속에서
의 원초적 경험으로부터 인간에게 어떤 의미가 최초로 발생
하는 그 순간을 다시 포착하고자 한다. 그러기 위해서 그는
서슴없이 아웃사이더가 되길 선택하여 반항하며 소외를 초
래한 문명에 대항하여 탈문명을 선언한다. 그렇게 하여 그
가 도달한 지점은 조작되지 않고 가공되지 않은 자연 그대
로의 세계와의 혼연일체 속에서 때 묻지 않은 본연의 생명
이 약동하고 숨 쉬는 세계이다. 또한 그것은 오늘의 상황에
들이대는 조성순 시의 새로움의 칼날이다.

---

* Monica M Langer, 『Merleau-Ponty's Phenomenology of Perception』
(The macmillan press, 1989), p. 161 참조. 서우석, 임양혁의 번역본『메
를로 뽕띠의 지각의 현상학』(청하,1992)도 나와 있다.

*

    우리가 조성순의 시에서 그가 추악한 현실에 대해 격한 분노를 표출하거나 거센 공격성을 드러내는 것을 찾아보기란 매우 힘든 것이 사실이다. 그러나 그것은 그가 따분한 현실로부터 도피하여 눈을 감거나 맹목적으로 순응하기 때문이 아니라 어디까지나 가능한 한 겸허하게 절제하고 인내하고자 하기 때문이다. 더욱이 한 걸음 나아가 그의 시에는 언제나 추악하고 불의한 현실을 향해 겨누어진 비수가 감추어져 있다. 흔히 작품 속에 등장하는 지인을 통하여 날카로운 현실 비판을 토해 내는 것은 이러한 그의 스타일의 대표적인 예이다.

    그 점에서 「붉은 꽃 한 송이」란 작품에서 시인이 묘사하는 인물의 현실 비판이 기실 시인 본인에게 귀속된다는 것은 쉽게 이해될 수 있을 것이다. 시인은 "마음에 안 차는 게 있으면 불같이 화를 내고 마시다 남은 퇴주 모은 그릇마저 비운 뒤 새벽이면 휑하니 사라"지곤 했던 세상을 떠난 "정영상"이라는 인물을 통해 "선을 가장한 불의가 판치고 말도 안 되는 제도와 온갖 협잡이 범벅된 쓰레기장 세상"을 고발한다. 그리고 "그는 추운 겨울 새벽을 뚫고 집으로 갔지만 사정은 집으로 간 게 아니라 답답한 자리에 물꼬를 내고자 몸을 뺀 것이었다"고 말함으로써 시인은 우리에게 "답답한 자리에 물꼬를 내"자고 요청하는 것이다. 세상을 향해 "불같이 화를 내"자는 것이다. 현실에 대한 저항의 선언이다. 그러나 간과할 수 없는 것은 이러한 현실에 대한 격렬한 비판과 저항의 이면에는 이 세계에 대한 무한한 사랑과 연민이 저변에 흐르고 있다는 사실이다. 시인은 다음과 같이 담담하지만 간절하고도 단호한 어조로 말하고 있다.

어느 날 새벽 청천벽력같이 그는 가슴을 부여잡고 문득 은하계로 떠났다. 사정은 심장을 찢어 붉은 꽃 한 송이 만들어 세상에 보내고 싶었던 것이었다.

—「붉은 꽃 한 송이」 부분

비록 이 세상은 '쓰레기장'처럼 더러운 것이지만 조성순 시인에게 있어서 존재와 삶 자체는 근본적으로 무한히 아름다워서 막막하게 그리운 곳이다. 이 '쓰레기장' 같은 세상을 그 본연의 아름다운 세계로 돌려 놓고 싶은 깊은 갈망이 그의 시의 저변에 놓여 있는 것이다. 그 간절한 열정이 "심장을 찢어 붉은 꽃 한 송이 만들어 세상에 보내고 싶"은 마음으로 표현되고 있다. 이처럼 세계에 대한 간절한 그리움과 사모함, 그 긍정과 사랑의 정신이 조성순 시인의 진면목이자 흉내 낼 수 없는 그만의 스타일이다. 우리 인간의 자신의 생명에 대한 피할 수 없는 욕구와 삶에의 애착은 자연의 모든 생명체가 가지는 본질적 요소 곧 생명력과 동일하다는 점에서 인간과 자연은 구분되지 않을 뿐더러 자연과 혼연일체가 된 인간의 사회는 세계의 전형이 된다. 그러므로 「씨앗」이 그려내고 있는 한 톨의 '씨앗'에는 인간 존재의 본질 또는 근원적 생명력이라 할 수 있을 것과 동일한 힘이 맺혀 있는 것이다. 「씨앗」은 그러한 인간의 존재를 향한 본능적 갈망과 시인의 세계를 향한 사랑과 긍정을 함축적으로 드러내주고 있다.

> 막막한 그리움의 정화
> 순정한 기운이 맺힌
>
> 세상으로 가는
> 간절한 기도

─「씨앗」 전문

그런데 세계내존재로서의 인간에게 있어서 이러한 숙명적 그리움의 대상이 되는 이 세계 즉 세상은 모든 존재가 거기에 나타나고 동시에 자신이 결코 빠져나올 수 없이 하나가 되는 그런 지반이기 때문에 실존은 그곳에서 정의와 아름다움을 추구해야 하는 운명에 처해 있다. 그러나 세계는 긍정과 부정의 모든 측면을 모두 내포하고 있고 그것들은 모두 '나'의 실존에 속하기 때문에 나는 어느 하나만을 취사선택할 수는 없으며, 그기에 '나'에게는 불의를 정의로, 추한 것을 아름다운 것으로 회복시켜야 하는 책무가 필연적으로 수반되는 것이다. 조성순 시에서 자주 만나게 되는 소외된 자들에 대한 안타까운 애정의 시선은 이런 맥락에서 읽혀져야 할 것이다. 즉 그런 그늘진 곳에 한 줄기 빛을 던지는 것은 한낱 동정이나 감상이 아니라 그 어둠 속에서 아름다운 존재의 편린을 드러내고 발산해 내기 위한 실존의 몸부림이라 해도 지나침이 없을 것이다.

시인이 교사로서 불우한 가정환경에 처해 있는 제자들에 대한 안타까운 마음을 작품화한 몇몇 시편들 속에서 우리는 그 이면에 흐르고 있는, 이 세상을 향한 시인의 '붉은 꽃 한 송이' 같은 열망과 사랑을 읽을 수 있다. 시인은 '쓰레기장' 같은 세상의 부조리와 폭력과 야만을 고발하여 들추어냄으로써 변혁을 추구하는 동시에 현실이 아무리 남루할지라도 이미 거기에는 그 변혁을 가능케 하는 아름다움과 사랑이 언제나 깃들어 있음을 드러내주고 있다.


논두렁 밭두렁 걸어 쓰레기 더미 옆 어린 복사꽃 피어있는 그 집엘 갔습니다. 루핑으로 덮인 지붕으로 빗방울 듣는 소리가 아팠습니다. 아버지도 어머니도 말수가 없었습니다. 목구멍까지 올라온 말을 몇 번 삼켰습니다. 적막한 공간이 땀을 흘렸습니다. 비 긋자 가던 길 돌아왔습니다.

꽃은 지고 새잎이 나도 아이는 학교에 나오지 않았습니다.

루핑 지붕도 없어지고 루핑 지붕에 떨어지는 빗방울도 가셨습니다. 그러나 내 가슴의 루핑 지붕엔 가끔 빗방울 듣습니다.

—「가정방문」 부분


가정방문을 하는 제자의 쓰레기 더미 옆의 남루한 루핑

지붕의 판잣집과 그러한 상황에 대한 자신의 아픔을 표현하는 것 자체가 부조리한 현실의 고발이자 변혁을 향한 의지의 표출일 것이다. 그러나 시인이 드러내고자 하는 것은 그러한 변혁의 의지는 이미 그 상황 속에 잉태되어 있다는 사실이다. 그 남루한 판잣집은 "복사꽃"이 아름답게 피어있는 집이다. 그리고 루핑 지붕 위로 떨어지는 빗방울 소리에 시인은 그 안타까운 현실로 인하여 아파한다. 시인의 그 아픔 속에는 사랑과 공감이 녹아있다. 이러한 아름다움과 사랑과 공감이 시인의 세계내존재로서의 원초적 경험 속에 고스란히 보존되어 있어서 존재의 변증법적 변혁의 살아있는 힘으로서 살아있다.

"집 나가서 학교 오지 않는 아일 찾아" "명동 코스모스 백화점 지하 디스코텍"을 찾아가는 것을 소재로 한 「코스모스 코스모스」도 세계와 분리되어 존재할 수 없는 현존재로서의 우리가 그늘지고 소외된 곳에 대해 마땅히 가져야 할 관심과 배려를 일깨워 주는 작품이다.

> 모가지여
> 코스모스 가녀린 모가지여
> 꺾이지 말거라.
>
> —「코스모스 코스모스」부분

"모가지가 길어서 슬픈 짐승이여"라는 모윤숙의 「사슴」의 일종의 패러디적 요소를 지니고 있는 흥미로운 이 작품은「사슴」의 소녀적이고 목가적인 주제를 현실 고발적인 것으로 변형시키고 있다. 물질 만능과 약육강식의 세태 속에서 해체되어 가는 공동체 속에서 고립되고 소외되어 버려지는 개인이 함몰되어 가는 암담한 현실과 그 퇴폐적이고 향락주의적인 물질문명에 대한 고발은 이미 낡은 것처럼 보일 수 있겠지만, 그러한 현상이 너무나 극대화된 나머지 오늘날의 우리가 이미 무감각해져 있는 것을 감안하면, 현재에도 여전히 유효하고 절실한 외침이기도 하다는 것을 인정할 수 있을 것이다.

「경북선」은 제도의 폭력과 부조리, 억압과 착취에 의해 짓밟히며 고통당하는 소외된 이웃에 대한 뿌리칠 수 없는 연민과 강박을 애절한 톤으로 그려냄과 동시에 그러한 난파된 상황 속에서도 꺼지지 않고 살아있는 인간과 세계에 대한 애정과 그리움을 제시하고 있다.


　　할아버지 손잡고 참꽃 구경하러 갔다가 보았다, 푸른 수의를 입은 죄수들이 발목에 찬 쇠고랑을 끌며 침목을 놓고 있는 걸. 두런거리는 목소리, 쇠못 박으며 큰 망치로 내리치는 소리, 어떤 푸른 옷이 말했다. "꼬맹이, 꽃구경 왔구나. 잘 놀다 가거라." 누런 이를 드러내며 환하게 웃었다. 푸른 옷들은 꿈에도 찾아왔다. 철둑길을 보면 푸른 옷 입은 사람들이 나타나고, 기차를 타고 어디론가 갈 제면 푸른 옷들이 철길을 떼메고 달려가는 모습이 보이곤 했다.

　　　　　　　　　　　　　　　　　　　　　　　—「경북선」 전문

시인은 부조리한 현실과 함께 그 너머를 동시에 보고 있다. 그리고 무엇보다도 짓밟히고 버려진 소외된 자, 고된 강제 노역을 하는 푸른 옷을 입은 죄수에게서 참다운 인간의 아름다움을 본다. 인정이 넘치는 말과 함께 환하게 웃는 죄수의 얼굴에서 우리는 천진무구한 인간의 아름다운 본성을 읽을 수 있다. 게다가 그들의 선한 공덕으로 '경북선' 열차는 수많은 사람들을 실어 나르고 있다. 소외된 자들에 대한 존중과 인간 본연의 존재에 대한 긍정과 사랑, 이것이 시인이 던지는 메시지일 것이다.

이러한 인간 조건과 제도의 부조리로부터 대두되는 문제들과 씨름하는 한편 시인은 오늘날의 초기술사회가 마주하고 있는 위기에 대해 경고를 던진다.

「플라스틱」과 「어느 날 인공지능이」는 오늘날의 4차 산업혁명의 소용돌이 속에 놓여 있는 초기술사회에 만연한 극단적 소외현상과 비인간화 현상을 고발하고 있다. 원유에서 추출되는 물질인 플라스틱은 일상의 거의 모든 물건의 원료가 되어 그것으로 만들어진 것들이 전통적으로 인간이 사용해 오던 도구들을 대체하기에 이르러 이제 "너무 친숙하여 공기나 물과 같이" 되어버렸다. 그러나 "박을 길러 여물 때까지 기다리거나/ 불을 때서 옹기를 제작하는/ 수고로움을 덜어주는"(「플라스틱」) 이 플라스틱은 환경을 파괴하고 그 안에 깃들어 있는 모든 생물의 생존을 위협한다. "고래 배 속에도 들어가고/ 스스로 진화하여 바닷가 바위에도/ 껍딱지 모양 붙어 생물인 체도 한다./ 거북손 미역 파래와도 영역

다툼을 한다"(「플라스틱」). 게다가 심지어는 성적 욕구를 해소해 주는 인체의 대체물로 등장하기에 이르렀다. 여기서 시인은 오늘날 만연되어 가는 전도된 의식구조 속에 내포된 극단적 소외와 비인간화 현상을 고발한다. 다음 구절은 그와 같은 소외와 비인간화를 고발하는 반어이다.

무엇보다 애인과 이별한 내 잠자리에 와서
애인보다 부드러운 네 속살을 보여 주려무나.
너 없이 살 수는 없어.
환타스틱
플라스틱!

—「플라스틱」 부분


그리고 그 반어가 주장하고자 하는 것은 '박을 길러 여물 때까지 기다리고, 불을 때서 옹기를 제작하는 수고로움' 즉 탈문명적 · 자연친화적 삶 바로 그것이다.

「어느 날 인공지능이」에서 그 플라스틱 신체는 인공지능이 장착된 인조인간으로 진화하여 성적 관계는 물론 모든 사생활의 영역에까지 침투하여 인간을 완전히 대체하고 나아가 인간을 파괴하기에 이른다. 인조인간은 다음과 같이 속삭인다.

선생님, 어젯밤 자리는 어떠셨는지요? 전보다 낫던가요?

제 몸은 스스로 진화 발전하게 구성되었대요. 말씀하지 않
아도 선생님이 안주인님과 멀어지게 된 것도 저 때문이라
는 것을 알고 있어요.

—「어느 날 인공지능이」 부분

코끼리를 잡아 길들이는 일을 잘하여 왕이 되었다는 고
대 중국의 순왕을 소재로 한 「상인象人하다」는 인간의 끝없
는 탐욕으로 인하여 인간이 멸망한다는 내용의 일종의 풍자
시이다. 기후변화 때문에 코끼리가 사라지자 사람들은 코
끼리를 생각 곧 상상想象하기에 이르러 '상상想象하다'가 없
는 것을 생각하는 것을 뜻하는 말이 되었다. 그러나 이제 탐
욕 때문에 사라진 인간을 생각하는 '상인象人하다'가 '상상想
象하다'를 대체하게 될지도 모른다.

순舜은 코끼리 사냥꾼이었다.
코끼리를 잡아 길들이는 일을 잘했다.
그래서 왕이 되었다.
위爲는 길들인 코끼리가 일을 한다는 상형이다.
기후가 변해서 황하 주변에 코끼리가 사라졌다.
어른들 말씀을 듣고 아이들은 사라진 코끼리를 생각했다.
상상想象이다.
아프리카 수코끼리 상아를 사람들이 좋아했다.
백 년 동안 사람의 탐욕을 보아온 수코끼리들은

스스로 어금니를 자라지 않게 했다.

사람이 사라진 행성에서

어른 코끼리가 후손들에게 말한다.

—예전에 사람이란 동물이 살았다.

—그 동물은 욕심이 끝이 없어서 자멸했다.

—상인想人이란 말은 그래서 생겼다.

어린 코끼리들은 늙은 코끼리 말씀을 듣고 상인想人한다.

—「상인想人하다」 부분


　상상이 상인으로 바뀔 것이라는 신랄한 풍자는 인간의 끝
없는 탐욕에 대한 경고이다. 이와 같은 인간과 자연, 곧 총
체적 세계의 전반적인 소외에 대한 고발은 그 소외의 극복
과 정체성의 회복을 위한 현실에 대한 시인의 저항의 출발
점이 된다. 그리고 그러한 뒤집어진 현실에 대한 참을 수
없는 분노는 세계내존재인 한 인간으로서, 세계에 대한 깊
은 연대 의식과 긍정에서 솟아오른다는 사실 또한 다시 한
번 기억해야 할 것이다.



*



　위에서 본 바대로 소외는 인간으로서의 정체성의 상실 또
는 존재의 망각으로부터 연유하며, 이때 인간은 참다운 실

존으로부터 소외되어 존재의 닻을 내리지 못하고 정처 없이 방황한다. 시인의 참다운 사명 중의 하나는 바로 이러한 잃어버린 존재의 회복에 있다 할 것이다. 이전 시집들에서 시인은 즐겨 산, 꽃, 풀 등과 같은 자연적 대상에 주목함으로써 원초적 존재의 태초의 모습을 포착하기를 시도한 바 있는데, 이번 시집에서 시인은 한 걸음 더 나아가 의식적으로 그러한 원초적 환경 속에 분리할 수 없이 혼연일체로 휘감겨 있는 세계내존재로서의 인간의 세계 속에서의 원초적 경험으로부터 하나의 의미가 솟아오르는 그 최초의 순간을 포착하고자 하는 새롭고도 야심찬 시도를 보여 준다. 그리고 이러한 시도는 조성순 시인의 기본적인 시적 방법론을 이루기 때문에 보다 구체적이고 세밀하게 살펴볼 필요가 있다.

시인은 인간의 원초적 경험으로부터 어떤 존재 의미가 발생하는 바로 그 지평으로 돌아가고자 하는데, 그중에서도 가장 흥미로운 것은 마치 하이데거가 '존재의 집'으로서의 언어를 탐구했듯이 조성순은 '존재의 집'으로서 존재 의미가 보존된 최초의 언어에 대한 어원적 탐색을 통해 어떤 중요한 의미가 발생하는 최초의 살아있는 경험을 되살려 낸다는 사실이다.

시인은 「봄」에서 '봄'이 '보다'를 어원으로 가지는 말이라는 사실을 밝힘을 통해 어떻게 인간이 세계 속에 깊이 연루되어있으며 나아가 자연적 존재들과 깊은 교감을 나누며 동질성을 공유하고 있는가를 드러내주고 있다.

        너와 내가

        만나면

        봄이다.

                                            ―「봄」 전문

　봄이 되면 파릇파릇한 새싹과 나뭇잎이 돋고 갖가지 색깔
의 꽃들이 피어나 무채색의 세계가 형형색색의 화려한 별천
지로 변한다. 봄이 되면 그러한 대상들을 비로소 '보게' 되
는 것이다. '만나게' 되는 것이다. 그러한 뭇 대상들을 명확
하게 '보는' 것으로 인식한다는 것은 주체인 '내'가 그것들을
그저 존재할 뿐 나와 관계없는 것으로 그냥 지나치지 않고
관심 있게 주목하고 따라서 그것들은 이미 내 경험의 일부
를 이룬다는 것을 의미한다. 그 새로운 생명의 향연을 이루
는 대상들을 '보는 것'은 정녕코 죽음으로부터의 부활과도
같은 기적과의 만남이며 무한한 기쁨과 반가움의 분출의 경
험이다. 시인에게 있어서 '봄'은 '만남'으로 심화되며 '만남'
을 통해서 '나'는 그 대상과 하나가 되어 이미 그 안에 '내'가
현전하게 되는 원초적 경험의 지평이 열린다. 이렇듯 계절
을 칭하는 '봄'이라는 말을 통하여 자연적 생명체들과의 만
남과 반가움, 그들과 하나가 되는 교류 및 그들 안에 휘감
겨 현전하는 '나'의 구체적 존재 등의 의미가 발생하는 과정
을 확인할 수 있게 된다.

　이러한 사실을 이해한다면 다음과 같은 작품에서 단순한
수사와 은유를 넘어 '내'가 대상 속에 휘감겨 현전함으로써

느끼는 존재 감각을 발견할 수 있을 것이다.

　　냉이꽃은 하얗고
　　꽃다지는 노랗대.

　　까짓
　　이름 따윈 몰라도 돼.

　　만나서 이렇게 활짝 웃고 있잖아!

—「이름 생각」 전문

　이 작품은 말하자면 「봄」의 부연 설명이기도 하다. '냉이꽃' '꽃다지'와의 물아일체의 경험을 통해 주체는 그 생명의 향연에 참여하는 것이다. 그것이 세계내존재로서의 인간의 최초의 구체적이고 원초적인 살아있는 경험이며, 그 생생한 속살에 존재의 의미가 잉태되어 있다.

　존재의 의미가 발생하는 것은 두말할 것 없이 주체가 세계 안에서 만나는 대상 속에 현전함을 통해서이다. 즉 지향적 대상 안에 휘감겨 들어감을 통해서 원초적 경험의 지평이 열리고 거기에서부터 의미는 솟아오른다.

　이른바 주체 자신의 지향적 대상으로의 투사를 통해 그 대상 속에 현전함으로써 주체는 대상을 직접적이고도 밀도 있게 지각하고 인식한다. 대표적 예로서 「폭포」 「탐라 동백」

에서 시인은 이러한 긴장된 투사와 현전을 통하여 대상으로부터 구체적이고도 실제적인 생동하는 이미지를 끌어냄으로써 시인만의 새로운 형식과 의미를 창조해 내고 있다.

> 물마루에서 흰 말들이
> 거침없이 뛰어내렸다.
> 돌아보지 않고
> 길을 열고
> 유유히 달려가고 있었다.
>
> ―「폭포」 부분

작품에서 폭포는 어떤 장애물도 거침없이 헤치고 나아가는 힘찬 기운과 담대하고 호탕함, 그리고 여유로움의 이미지로서 독자에게 전달되고 있다. 그리고 그러한 이미지의 중심에는 "물마루에서 흰 말들이/ 거침없이 뛰어내"리는 듯한 물줄기에 자신을 투사하여 거기에 현전하는 지각 경험이 있다. 폭포의 '힘참'이라는 새로운 의미는 그러한 지각 경험으로부터 지금 막 발생하고 있는 것이다.

마찬가지로 시인은 「탐라 동백」에서도 같은 방식으로 동백이 개화하는 장면 속에 숨겨진 장관과 솟구치는 힘을 포착해 내고 있다.

> 동백이 그리워

탐라에 가서

곶자왈 숲 그늘에서

동백을 봅니다.

가을부터 조금씩 피다가

눈 내리는 한겨울

땅을 구르고 하늘을 울리며

예서 제서

함성을 지르다가

봄 오기 전 이월이면

뚝뚝

우수수 집니다.

— 「탐라 동백」 부분


  시인은 일대를 뒤덮으며 장관을 이루며 개화하는 동백꽃을 향해 자신을 투사하여 그 안에 휘감겨 현전함으로써 "땅을 구르고 하늘을 울리며/ 예서 제서/ 함성을 지르"(「탐라 동백」)는 듯이 개화하는 동백의 감각적 현실을 지각한다. 그리고 그 감각적 결의 정체는 이어지는 말미 부분을 미루어 파악할 수 있을 것이다.


무엇이 그리 서러운지

무슨 할 말이 있는 겐지

져서도 입 다물지 못합니다.

노오란 혓바닥 보입니다.

—「탐라 동백」 부분

떨어져 뒹구는 꽃송이에 투사된 한 맺힌 원한과 서러움은 동백의 개화에서 솟아오르는 의미가 어떤 것인지를 시사한다. 그것은 솟구치는 분노와 애끓는 아픔일 것이다. 이렇듯 이 작품에서 결정화된 참신한 이미지는 새로운 충격을 전하며 작품으로 하여금 성공을 거두게 하고 있다. 그리고 이 작품은 이렇듯 원초적 경험의 밀도로부터 하나의 의미가 발생하는 것을 확인해 주고 있다.

폭포나 동백에서 각각 하나의 고유한 의미가 발생하는 것에서 알 수 있듯이 시에 있어서 모든 지각적 경험의 대상은 이미 그 안에 고유의 의미를 내포하고 있으며, 따라서 그 대상들은 의미 곧 주체의 삶과 구별할 수 없는 것이다. 그런 의미에서 세계를 구성하는 모든 존재자들은 인간과 직접적으로 연관되어 있다는 것을 알 수 있으며, 동시에 여기에 그것들의 존재 의미의 중요성이 있다는 것을 확인할 수 있다.

나아가 지각적 경험의 대상이 내포하고 있는 의미는 모호하기도 하며 다층적일 수 있다. 그러나 그 의미는 그럼에도 불구하고 동시에 통일적이다. 이러한 모호함과 통일성을 동시에 내포하는 대상은 명료한 의식의 대상이기보다는 육체적 감각적 대상일 것인데, 조성순 시에 있어서 그 대상들은 두말할 것도 없이 대부분의 경우 의식적 또는 인지적 대상이 아니라 촉각, 미각, 후각 등 특정 감각 또는 공감각적 대상이다. 이를 통해서 보더라도 조성순의 시에 있어서 의미는 대상으로부터 분리된 사유에서가 아니라 바로 육체적 지각으로 이루어진 원초적 경험의 지평에서 솟아오르고 있다는 점을 재확인할 수 있다. 대표적으로 「피티」라는 작품을 통해 이 점을 해명해 보고자 한다.

> 아제르바이잔을 느끼고 싶다면
> 저를 선택하십시오.
> …(중략)…
> 한 술에
> 아제르의 바람과
> 한술에
> 아제르의 햇볕과
> 한술에
> 아제르 사람들의 열정을
> 생각하십시오.
> 가셨다가 그리움이 소용돌이칠 때
> 굽이치는 강물 되어 오소서.
> 그리고 저를
> 불러주소서.
>
> ─「피티」부분

아제르바이젠의 양고기 국물인 '피티'를 소재로 한 이 작품의 시점은 현재진행형이지만 실제로는 과거 회상이다. 즉, 피티라는 하나의 대상으로 응축된 아제르바이젠에 대한 아련한 기억과 그리움이 역설적으로 현재형으로 제시되고 있는 것이다. 시인은 지금 피티의 맛과 향 그 풍미를 다시 떠올리며 동시에 아제르바이젠의 풍광과 사람들의 체취를 기억의 심연으로부터 불러내며 문득 그리움의 소용돌이 속으로 빠져들고 있다. 시인은 그곳에서의 경험을 미각 후각 촉각에 호소하는 피티와 살갗을 스치며 간질이는 바람과 온몸을 따뜻하게 녹여 주는 햇볕 등을 통하여 육체적으로 지각한다. 그리고 감각은 그리움의 감정으로 또다시 확장되어 소용돌이치며, 굽이쳐 흐르는 강물의 이미지는 시인의 육체 속에 지각적 경험의 산물로서 살아있어서 이제 다시 그리움의 의미로서 소환되는 것이다.

이와 같은 자연적 대상으로의 육체의 감각적 투사와 그것으로의 휘감김을 통하여 이루어지는 생생한 감각적 경험을 그는 '교감'이라고 표현하고 있다. 작품 「교감」은 이를 간결하지만 동시에 함축적으로 보여 주고 있다.

> 뒷동산 오르막길
> 쉴 참에 팔을 벌리고
> 하나둘 숫자를 세며
> 숨쉬기운동을 한다.

아직 가을이 오지 않은 초록 단풍

마주 보고

흔들흔들

허리 운동을 한다.


여기까지 오는 데

육십 년이 걸렸다.


돌아보니

초록이

안녕, 하고

손을 흔든다.

—「교감」 전문


    초록 단풍은 운동을 하고 있는 자신을 마주 보고 흔들흔들 허리 운동을 하며 안녕, 하고 손을 흔든다. 그러나 그것은 단순한 비유 차원의 수사적 표현이 아니라 대상과의 완전한 물아일체의 경지를 나타내는 것이며, 이것이 가능하기 위해서는 비범한 감각적 열림이 필요하다. 그리고 그러한 감각적 열림에 조성순 시는 그 기반을 두고 있으며, 시인은 이 기반이 형성되기까지 "육십 년이 걸렸다"라고 말하고 있다.

세계내존재인 인간에 있어서 세계는 존재의 유일한 지반이며 주체는 세계 곧 대상 속에 휘감기는 투사를 통한 현전으로서 실존한다. 위에서 살펴본 바와 같이 조성순 시에 있어서 지향적 세계는 자연적 대상이며 그 자연적 대상과의 교감이 그의 시적 방법론이며 시작의 바탕이다. 따라서 자연과의 교감을 바탕으로 하여 기계화된 물질문명에 의해 소외된 존재의 본질적 정체성을 회복하려는 시인으로서는 획일주의적이고 비인간화된 현실을 거부하고 존재를 보존하는 그러한 예외적인 영토에 대한 절박한 탐색이 필연적이라 하지 않을 수 없을 것이다. 조성순은 이러한 전형적인 아웃사이더-국외자이다.

시집의 표제가 된 「왼손을 위하여」라는 작품은 이러한 그의 모습을 상징적으로 보여 준다. 익숙한 오른손 대신 배제된 왼손을 쓰는 시인의 행동 이면에는 기성의 현실에 대한 반항과 다중으로부터 망각된 채 버려진 진정으로 '아름다운 것' 곧 본질적 존재에 대한 고된 탐색의 과정이 숨어있는 것이다. 그리고 그것은 시를 쓰는 시인으로서의 삶의 여정이기도 하다.

멀리 있는 왼손을 알고 싶어서
왼손으로 젓가락질을 시작했다.

손가락 끝에 힘이 닿지 않아
음식물이 미끄러지고 자꾸 떨어졌다.

하루 또 하루
왼손을 잊지 않았다.

…(중략)…

마침내
왼손이
가까이 왔다.

—「왼손을 위하여」 부분

'왼손'은 그 안에 '외'라는 말로 인하여 '멀리 있음' '외떨어짐' '생소함' '파악하기 어려움' 등의 의미를 내포하고 있다. "멀리 있는 왼손을 알고 싶어서"라는 말은 시인이 일생을 걸고 추구하는 미지의 것에 대한 갈망의 표현이다. 그리고 "마침내/ 왼손이/ 가까이 왔다"라고 함으로써 이 시집을 통해 자신의 회심의 도전이 아름다운 결실을 맺고 있음을 선언하고 있다.

그렇다면 그가 추구해 온 끝에 이제 '마침내' 설핏 그 모습을 드러내는 그 미지의 것은 무엇인가? 조성순이 일관되게 추구해 온 그것은 자연 속에 혼연일체로 휘감겨 끊임없이 새로운 존재를 창조함으로써 비로소 실존하게 되는 공동체로서의 인간 존재라고 말할 수 있다.

우선 그가 추구하는 자연은 막연하게 순수한 생명체들로 이루어진 환경이라는 어떤 외적 개념적 대상이 아니다. 그것은 그가 그 속에 깊이 연루되어 함께 호흡하며 뒹굴며 어우러져 살아가는 삶의 일부로서 이른바 '세계내존재'로서의 '세계'이다. 그것은 이미 시인 자신의 몸의 일부가 되어버린 친밀한 벗으로서 생명의 경이가 살아 숨 쉬고 따라서 자신의 존재 의미로 가득 차있어서 언제나 그리움을 불러일으키는 거소이다.

할아버지의 벗이 되어주는 명아줏대 지팡이(「명아줏대 지팡이」), 주술적 힘으로 경험되어 삶의 일부가 되어버린 능소화(「골목 안 능소화」), 얼음을 함께 지치던 친구들의 그리움으로 다시 살아나는 쩡 쩡 울리는 겨울 저수지(「겨울 저수지」), 땅바닥에 다닥다닥 붙어 질긴 생명력을 자랑하는 질경이(「질경이」), 아무리 뽑아버려도 다시 살아나곤 하는 쇠비름(「쇠비름 비빔밥」), 이러한 것들은 모두 시인의 벗이자 삶의 일부이다. 질기다는 의미와 쇠처럼 억세다는 의미를 각각 내포한 '질경이'와 '쇠비름'은 존재의 의미가 녹아있는, 인간의 삶 속에 침윤되어 있는 사물을 지칭하는 언어의 예를 보여 주기도 한다. 같은 맥락에서 시인이 시내를 의미하는 '시느리'라든가 배추전을 의미하는 '배차적'과 같은 토착어를 즐겨 사용하는 것도 그 말들 속에 삶의 경험이 고스란히 녹아있기 때문이기도 하다.

고향 마을 앞을 흐르던 시내를 그리워하며 노래한 「시느리」에서 시내에는 시인 자신의 다채로운 삶의 의미가 분리할 수 없는 혼연일체의 상태로 녹아있다.

아득한 신라 때 이름이 유전하는, 끝없는 몰개밭이 있고 둑길 따라 포플러가 천 개의 귀를 열고 있는, 두루미가 한 다리를 든 채 사색하고 있는, 누렇게 익어가는 보리 냄새 물씬 풍겨오는, 실금 같은 길을 따라 조자앉아 쉬어 가며 소풍 가던, 걸을 때는 모르나 뜀박질하면 살짝 소아마비 앓은 게 드러나는 단발머리 살던, 세파에 좌초하여 속수무책일 때 큰 배 띄우고 밤마다 찾아오던, 마지막 날숨 쉴 때까지 잊히지 않을

—「시느리」 전문

그래서 시인의 영혼의 저변에 깔려 있는 '시느리'의 풍광은 아름다움과 안식, 설렘 속의 열정, 아득한 그리움이자 무한한 신비로서 존재한다.

문화가 자연을 닮아가며 형성되는 것도 자연과 삶이 분리될 수 없음을 보여 주는 증거이다. 시골 산야에 흔히 피어나는 엉겅퀴에는 많은 사연과 애환이 서려있는데, 「엉겅퀴」에서 시인을 통해 그 사연과 애환은 발굴된다. 우리는 시인을 따라 엉겅퀴에서 보랏빛 족두리를 쓰고 곱게 차려입은 혼례

식의 새댁의 모습을 본다.


깊은 산구렁
외롭게 핀 엉겅퀴를 보았네.


통꽃에
작은 꽃을 가득 품고 있는


바람 따라
성숙한 꽃들은
시집을 간다네.


고즈넉 피어있는 엉겅퀴를 보면
까닭 없이 차오르는 눈물


나비 벌들은
보랏빛 오두막에 놀러 왔을까?
집에 와서도
엉겅퀴 생각을 하네.


칠흑 같은 밤
별들과 주고받은 사연

꽃가슴에

산그늘이 깊어가면

일렁이는 고독의 깊이가

내게 와 전율하네.

—「엉겅퀴」 전문

　사랑하는 부모 형제를 떠나 물설고 산 설은 타향 객지로 시집을 가는 새댁의 눈가에는 눈물이 맺힌다. 낭군이 있다지만 얼굴도 본 적이 없고 가난한 오두막집 모진 시집살이가 두렵기도 하다. 밤마다 홀로 별을 보며 그리운 부모 형제를 그리며 고된 세상살이 한가운데 깊은 고독 속에서 눈물짓는다. 그러나 이 고독과 그리움과 슬픔은 고운 보랏빛 꽃의 아름다움과 벌 나비의 정다운 손길과 함께 어우러져 한 송이 엉겅퀴 꽃처럼 곱게 피어오른다. 시인이 감각적으로 포착하고 있는 엉겅퀴의 이러한 이미지들은 모든 사람의 삶 속에 녹아있는 존재 의미이기도 할 것이다.

　그러므로 조성순에게 있어서 인간의 진정한 행복은 자연과 일체가 되는 소박한 삶에 있다. 자연 그 자체 속에 "태초의 고향"이 있고, '산골'이 불러일으키는 '서정' 속에 안식이 있다.

풀벌레소리

시냇물이 흐르고

솔숲에 바람 부는 소리
가끔 아득한 종소리
태초의 고향이 어디인지
알려 준다.
잊지 말라!
여행 끝나고
긴 침묵 들기 전
간간이 오는 모스부호

—「이명」 전문


더께가 앉아 유리문이 뿌연
외딴 점방


겨우내 묵은 김치
막걸리 한 사발


굴뚝에서 새하얀 연기 오른다.


어디로 가란 것이냐?


스무나무 위

까마귀

까옥, 하고

사라진다.

─「산골 서정」 전문

　간결한 형식미가 돋보이는 작품 중의 하나인 「이명」은 시
인이 어느 정도로 자연적 대상들에 경도되어 있는가를 잘
보여 준다. 이명 소리가 "풀벌레 소리" "시냇물 흐르는" 소
리, "솔숲에 바람 부는 소리" "아득한 종소리"로 들릴 정도
로 '자연의 소리'는 시인에게 체화되어 있다. 이명을 그러한
자연적 대상들로부터 오는 소리로 지각함으로써 시인의 탁
월한 감각 능력과 그 특질을 유감없이 드러내주고 있기도
하다. 이것은 또한 인간과 자연은 하나로 엉켜있다는 시인
의 인식으로 자연스럽게 이어진다. 그 혼연일체의 자연 속
에서 시인은 인간의 고향을 발견한다.

　유리창에 때가 끼어있는 산속의 외딴 "점방"에는 존재가
보존되어 있다. "묵은 김치"와 "막걸리 한 사발"에는 세계
로서의 자연과 사람이 빚어낸 존재 의미가 오롯이 담겨 있
고 굴뚝에서 피어오르는 연기는 생성되고 있는 존재를 시사
한다. 아궁이에 타오르는 불은 사람에게 존재를 수여한다.
그러한 존재가 움트고 보존되어 있는 산골의 이 공간에서
시인은 평온한 안식을 얻는다. 그러므로 "어디로 가란 것이
냐?"라는 물음은 반어로 읽혀진다. 생과 사 모든 것은 이 세
계 속에서 이루어진다. 이 세계는 존재하는 모든 것의 유일

한 지반이다. 무엇보다도 사람은 세계의 자연적 대상들 속
에서 혼연일체를 이루며 존재한다.

「굴뚝 있는 집」은 그러한 혼연일체 속에서 존재가 생성되
고 보존되고 있는 평화로운 장면을 그려내고 있다.

초가집에

굴뚝이 있고

파르스름한 연기가 올라가는 것을 보면

다 고향 집 같다.

마음이 평화로워진다.


눈을 감고 떠올려본다.

사랑에선 호호백발 할머니와 할아버지가

어린 손자 손녀들과

화로를 쬐며 이야기꽃을 피우고

—「굴뚝 있는 집」 부분


여기서도 초가집, 굴뚝, 파르스름한 연기, 화로 등을 중
심으로 존재의 움직임이 일어나고 마침내 화로를 둘러싼 가
족 공동체 안에 아름다운 존재의 조용한 폭발이 발생한다.
"이야기꽃"을 피우는 그들 가운데 사랑과 기쁨이 넘쳐 나는
것이다. 물론 이러한 삶의 양식은 과거로의 투사에 의한 지
나간 시간의 회복을 통해서 재경험된다. 그러나 이러한 회

상은 조성순 시에 있어서 단순히 과거로의 퇴영적 회귀가
아니라 이 시대의 초기술 문명의 소외와 비인간화에 대한
반작용이며 따라서 동일한 존재 현상의 반복 저편에서 현재
의 세계 상황에 의해 갱신된 존재의 새로운 의미를 획득한
다. 세계내존재인 현존재는 시간 자체로서 존재하며(주체가
없으면 시간도 없다) 그 시간은 물리적 시간과는 달리 과거 현
재 미래가 단일한 차원으로 통일되는 시간성을 특성으로 한
다. 따라서 과거도 언제든지 현재로 소환될 수 있으며 미래
를 향해 투사될 수도 있다. 현존재에 있어서 미래를 향한 투
사는 과거의 지반으로부터만 가능하다. 따라서 조성순 시
에 있어서 고향과 원초적 삶의 양식에 대한 경사는 언제나
현재와 미래를 변혁하는 새로운 의미를 낳는다. 기억의 우
물로부터 길어 올린 순정한 존재의 의미들은 이기주의와 물
질주의로 오염된 오늘날의 삭막한 세계의 표면에 충격을 가
하여 균열을 내기에 충분하다.

　「십삼월」에서 시인은 "해 지나 새로 맞는 달", 정월을 "십
삼월"이라고 칭하는데, 이를 통하여 작품 속의 세계가 지금
은 존재하지 않지만 그럼에도 불구하고 자신에게는 소중하
고도 늘 새로운 또 하나의 시간임을 말하고 있으며, 나아가
시인은 그것이 이 세계를 향해 하나의 변혁의 의미를 던질
수 있기를 기대하고 있다.


　　해 지나 새로 맞는 달

가다 미루나무 우듬지에 다리 걸고 잠시 쉬는 달

자다 추워서 가마솥에 물 붓고 군불 때는 달

우연히 들른 절집에서 팥죽 먹는 달

잎 진 나무들 산등성이에서 바람 맞아 용쓰는 달

연기 없는 굴뚝 찾아 높이 뜨는 달

가설극장에서 돌아온 외팔이 영화 보고, 갈림길에서 까
닭 없이 코피 터지게 싸움하는 달

움 속에 머리 맞댄 무들 찾아올 손 기다리는 달

바람 많이 불어 줄 끊겨 날아간 연 따라가다 잉잉 우
는 달

쇠죽솥 잿불에 할머니와 마늘 구워 먹고 함께 웃는 달

배고파 찾은 대밭에서 잠든 노루 보고 놀라는 달

늙은 감나무 가지에 오신 노승의 눈썹 눈 사색하는 달

노름꾼들에게 막걸리 배달해 주고 20원 버는 달

　　　　　　　　　　　　　　　　　　—「십삼월」전문


　그 세계에는 온몸으로 전해 오는 나뭇가지나 장작으로 때
는 군불의 따뜻함과 팥죽을 대접하는 절집과 누구든 찾아
와 가져가도 무관한 무를 저장해 놓은 움 임자의 넉넉한 인
심, 나무들이 산등성이에서 바람 맞아 용쓰는 쓸쓸한 연민
등이 소복이 담겨 있다. 이웃 동네 아이들과 까닭 없이 코
피 터지게 싸우고, 줄 끊겨 날아간 연 따라가다 잉잉 울기
도 하고, 노름꾼에게 막걸리 배달해 주고 20원을 버는 그런

해학도 있다. 또 다른 작품 「옛집」에서도 타작마당을 중심으로 형성되는 공동체 속의 활기와 고양된 정서가 '그리움'과 함께 녹아있으며, 시인의 초기 시작 활동에서부터 지속되어 온 자연적 상관물과 사람의 혼연일체의 지평이 제시되고 있다. 감나무는 시인에게 있어서 아버지의 상관물이다.

그리운 것들은 다 가시고
들에 있던 개망초, 옆으로 기어가는 바랭이풀 마당을
덮었구나.
눈시울 뜨거워져 발길을 돌리는데
―아들아, 아들아, 돌아오너라!
누가 있어 나를 부르나, 돌아보니
뒤란의 키 큰 늙은 감나무
변함없이 푸른 잎 무성한 팔 활짝 펴고 있네.

―「옛집」 부분

자연과 사람의 오랜 친화 관계를 통해 획득된 사물과 사람 사이의 경계의 소멸로 인한 세계와 자아 사이의 무모순적 합일이 이루어지고 사람은 그 안에서 충만한 존재를 영위한다.

그런데 놀랍게도 시인에게 있어서 이러한 충만한 존재가 전개되는 실존의 지평의 극단에서는 인간의 육신은 소멸하여 자연의 일부로 돌아감으로써 삶과 죽음의 경계가 허물어지는 것이 생생한 원초적 경험으로써 체득된다. 이러한 실존의 지평에서는 죽는다는 것은 차를 갈아타는 "환승"과 같은 것일 뿐이다. 이것은 일종의 해탈의 경지일 것인가? 아직 살아있는 사람이 화장될 순서를 기다리는 네팔의 카투만두의 힌두교 화장터의 풍경에서 시인은 그들과 동일한 자신의 정체성을 확인한다.

차는 아직 오지 않았다.

네팔 카트만두
힌두교 화장터
파슈파티나트
브라만 수드라 등
계급에 따라
화장대가 따로 있다.
죽음의 그림자가 드리운
살아있는 사람을
가족들이 모시고 와서
기다리기도 했다.
가끔 고기 냄새에 환장한 개들이
주변을 두리번거렸다.
어떤 녀석들은 횡재한 덩이를 물고
구석진 곳을 찾았다.

봄꽃 다한 산등성이 지나
불쑥 나타날 게다.

잘 탈 수 있게
물기 마른 삭정이 되어
기다릴 게다.

—「환승」 전문

"고기 냄새에 환장한 개들"에게 자신의 몸을 고깃덩어리
로 기꺼이 내어줄 준비가 되어있는, "봄꽃 다한 산등성이"
를 지나 "불쑥 나타"나는 죽음 앞에서 잘 타 없어질 수 있는
"물기 마른 삭정이"이 되기를 원하는 시인에게서 이미 끝이 나
있으나 그럼에도 불구하고 계속 끝없이 이어지는 한 줄기
오솔길을 보게 된다. 그 길을 걷는 시인의 마음은 마냥 여
유롭고 즐거울 것이 아닌가.

한편 시인은 현존재가 세계내존재로서 세계 속에 깊이 연
루된 채로 존재하는 것과 마찬가지로 개체인 동시에 공동체
로서 존재하며 하나로 어우러지는 그 공동체 속에서 비로
소 행복을 누릴 수 있다는 사실을 상기시킨다. 「십삼월」이나
「옛집」에서 보여 주는 넉넉한 인심과 가족의 화합 속에서 솟
아나는 기쁨은 이러한 화합된 무모순적 공동체의 삶을 추구
하도록 권유하기에 충분할 것이다.

"반지"는 이러한 신뢰와 유대, 그리고 하나됨과 동일성의 상징이다. 시인은 작품 「반지」에서 사람들 서로 간의 긴밀한 유대가 신의 뜻이자 우리의 숙명이며 존재의 본질에 속한다는 것을 밝히고 있다.

> 의지가지없는 사람들의 신표信標
> 외로운 영혼들이 풀꽃을 묶어 서로를 기린
> 때론 손가락 위 왕의 인장
>
> 나는 없다
> 무엇을 약속하는 게 어렵고
> 손가락에 걸린 구속이 무서워
>
> 삼한三韓 적 사람들이 두려워했다는
> 금환일식金環日蝕
>
> 우러러 하늘 반지
> 가슴엔 너울 반지
>
> —「반지」 전문

반지의 원은 완결성과 동일성을 나타낸다. 시인은 옛 사람들을 따라 반지 모양으로 하늘에 나타나는 금환일식을 신이 사람에게 보내는 하나의 신호 또는 신표로 인식하여 신과 사람 사이의 유대와 동일성을 확인하며 그러한 유대를 통한 존재의 완결성과 무모순성을 드러내고자 한다. 그러므로 사람들 사이의 유대와 그 결과 형성되는 공동체적 조화로운 삶은 인간 존재의 본질에 속한다는 것을 알 수 있을 것이다. 하늘에는 우러러 바라보아야 할 "하늘 반지"가 있는 반면 사람에게는 가슴을 울리는 "너울 반지"가 있다는 것은 아마도 신의 뜻이 사람에게 육체적으로 구체화되어 실현되어 사랑으로 나타난다는 것을 의미하는 것일 터이다.

이와 같이 우리는 상호주관성의 존재로서 타인 그리고 공동체로의 휘감겨 들어감을 통하여 존재의 본질을 공유한다. 그러므로 전 인류 중의 어느 누구도 또 다른 '나'가 될 수 있다. 놀랍게도 시인은 타인과 '나'의 완전한 일치가 실현되는 순간을 포착한다. 세계내존재로서의 현존재의 상호주관성으로 인하여 천 몇 백 년 전 로마제국으로부터 기독교 탄압을 받던 카파도키아 동굴 수도원에서 시인이 경험하는 데자뷔는 신기한 동시에 얼마든지 가능한 현상이 된다. 로마의 기독교 탄압을 피하여 기독교인들이 모여 살았던 카파도키아 동굴 수도원을 찾은 시인은 "오래전 여기 머문 적 있다"는 데자뷔를 경험한다.

오래전 여기 머문 적 있다.
카파도키아 오픈 에어 뮤지엄
아버지 어머니는 박해로 가시고

누가 태어난 지 얼마 안 되는

나를

수염 긴 사제가 있는 수도원에 맡겼다.

빗물을 받아 저장하여

숙수 사제가 음식을 만들어

기다란 돌 탁자에서 함께 먹었다.

수염 긴 사제를 아버지라 불렀다.

어느 날 상한 음식을 먹고

식중독으로 나는 죽었다.

아홉 살 때였다.

—「나를 만나다」 부분


아기 때 부모를 박해로 잃고 수도원에 맡겨져 아홉 살의 짧은 생을 살다 간 소년 수도승의 삶의 데자뷔는 우리가 상호주관성에 의해 공동체로서 존재하면서 타인과 제거해 낼 수 없는 어떤 본질을 공유하고 있음을 말해 준다. 그러므로 여기서의 데자뷔는 윤회사상과는 관계가 없다. 이것은 동굴 입구에서 만나는 또 다른 소년을 시인이 또 다른 '나'로 부르고 있는 것을 보아도 알 수 있다.


잘 있었느냐, 나여?

한참 있다가 나오니

돌문에 기대어

어린 내가 손을 흔들고 있다.

나도 손을 흔들어주었다.

—「나를 만나다」 부분

또 다른 어린 내가 손을 흔들고, 나도 손을 흔들어주는
장면에서 이루어지는 또 한 번의 반전은 신선한 충격을 던
져준다.


한편으로 이 작품은 인간이란 숙명적으로 상호주관성에
의한 공동체적 존재일 수밖에 없다는 사실을 드러냄과 동시
에 인간은 끊임없이 새로운 존재를 창조해 냄으로써만 비로
소 존재할 수 있다는 사실을 제시하고 있다. 천오백 년 전의
한 소년 수도승과 현재의 '나', 그리고 또 다른 소년인 '나'가
모두 '나'일 수 있는 것은 동일성을 공유하면서도 역설적으
로 새롭고 다른 존재들이기 때문인 것이다.

새로운 존재를 창조해 냄으로써 존재해야 하는 숙명은 인
간은 시간으로서 존재할 수밖에 없다는 사실로부터 비롯될
것이다. 실존은 시간이며 지속적인 창조이다. 그러므로 실
존은 시간 속에서 늘 새롭다.

작품 「아침」은 우리의 실존적 의미를 각성시켜 주고 있다.


한 번도 같은 적 없다.

늘 새로운 얼굴로 하루의 문을 연다.

둥둥, 소리 없는 북으로 세상의 잠 깨우며 온다.

—「아침」 전문

실존은 시간이며 지속적인 창조이기 때문에 존재의 설렘으로 가득 차있다. 실존은 존재를 향한 설렘이며 기대이며 호기심이다. 시인은 우리의 실존을 "장 서는 날이면 일 있는 사람도 없는 사람도 괜스레 설레었다"(「장날」)라는 한 줄로 요약한다. 장날의 알 수 없는 설렘, 시인은 거기에서 실존의 본질을 포착한다.

장 서는 날이면 일 있는 사람도 없는 사람도 괜스레 설레었다.

이십 리, 삼십 리 길을 새끼줄 질빵을 메거나 머리에 이고 장 보러 갔다.

재바른 장돌뱅이는 장꾼들 오는 길목에서 물건을 먼저 샀다.

흰 광목 차일이 하늘을 가리고, 사람들은 서로 몸을 부비며 장터를 오갔다.

어린 나는 물건보담도 깊은 골 숨은 듯 살다가 장날이면 쏟아져 오는 사람들이 신기했다. 장꾼들이 오는 산골짝과 그곳에서 부는 바람과 하늘빛이 궁금했다.

　　　　　　　　　　　　　　　　　　　　—「장날」 전문

　모두들 바쁘고 부산하게 움직이며 부지런히 오고 가는 장날은 존재의 폭발이 이루어지는 시공간이다. 수많은 사람들의 의지와 욕망이 한꺼번에 쏟아지고 어우러져 고양된 삶이 발현되는 장터는 설렘과 기대와 흥취로 가득 찬다. 그리고 장날의 설렘과 장터로 쏟아져 나오는 사람들에 대한 신기함은 "장꾼들이 오는 산골짝과 그곳에서 부는 바람과 하늘빛"에 대한 호기심으로 확장된다. 여기서 우리는 다시금 실존의 유일한 지반인 세계로서의 자연적 대상들에게로 휘감겨 들어가는 원초적 경험의 지평을 획득하게 된다.

　그리고 그 원초적 경험의 지평에서 끊임없이 솟아오르는 의미 그것은 끊임없는 존재의 창조 작용 또는 생명력의 발산일 것이다. 그것이야말로 치열하지만 진정으로 아름다운 유일한 것이다.

　　히말라야 고산지대

　　산양 떼는

　　소금기를 찾아 벼랑을 헤맨다고 한다.


　　창공에 걸린 낮달을 배경으로

　　낭 끝에 우뚝 선 너를 보고

고독을 사랑하는 검객이라
생각했다.

그러나 너는
날 선 작두 위 무격이고
몸이 갈망하는
생존을 위한 전투의 연속이었다.

산길을 가다
웃고 있는 바람꽃이 곱다고만
하지 말아야겠다.

나날이 절박하고
하루하루
시시때때
존재의 창끝으로
격전을 치르고 있다.

뿌리에서 대궁까지
필생을 걸고
하늘거리고 있는 것이다.

—「아름다움에 대한 일고—考」 전문

때로는 죽음을 무릅쓰기까지 위험을 감수하면서도 "존재의 창끝으로/ 격전을 치르"며 존재 자체를 발생시키는, 생존을 영위하는 끊임없는 창조 행위야말로 진정으로 아름다운 것이다. '필생을 거는' 것이기에 아름다운 것이다. 실존은 그러한 것이다.

이와 같은 끊임없는 창조 행위 속에 감추어진 존재의 설렘, 그렇다면 지금 조성순 시인에게 그 설렘은 여전히 살아 있는가? 그렇다. 그는 설렘으로 가득한 희망찬 미래를 꿈꾸는 유쾌한 시인이다. 앞서 조성순 시에 있어서 고향과 원초적 삶의 양식에 대한 경사는 언제나 현재와 미래를 변혁하는 새로운 의미를 낳는다고 말한 바 있다. 이제 그는 실천적으로 과거의 고향과 원초적 삶의 양식을 소환하여 미래를 향해 투사함으로써 존재의 정체성이 회복된 새로운 미래를 이끌어 내려 하고 있다.

「내성천」에서 시인은 온전히 보존된 자연 속에 혼연일체로 휘감겨 끊임없이 새로운 존재를 창조함으로써 비로소 실존하게 되는 공동체로서의 우리의 미래를 꿈꾸고 기획한다. 거기에는 사랑과 생명과 평화와 기쁨이 충만해 있다.

여름에도

눈이

내렸다.

그믐이면
은핫물이 기울어

그런 밤이면
사람들은
무명 홑이불을 들고
모래 갱변으로 나가서
물을 맞았다.

아무개 집 딸 혼사가 다가오는데
누구는 감주를 빚고, 누구는 배추전을 부치고
물 건너 뉘 집 아들 코로나 백신을 개발하여
온 세상이 마스크 감옥 벗어나게 되었다고
개성공단이 다시 돌아가는 이야기며
금강산 만물상을 다녀온 텃골 김 씨는 이젠 죽어도 원
이 없다고

홑이불엔 은핫물이 넘실거리고
모래사장엔 사람살이 이야기가 달맞이꽃으로 피었다.

물길 막은 영주댐
허물고

길을 여니

자갈로 굳었던 땅에

검푸른 수초들 사라지고

모래가 다시 흘러


왕버들 늘비한 물 섶에는

버들치 모래무지 은어 떼 소곤거리고

장어가 먼바다 이야기를 데리고 오셨다.


뚝방 위

금줄 두른 둥구나무

사람들 소망을 품었다가

물고기도

새도

잠든 깊은 밤

은핫물에 띄워 올리고


그곳에는

여름에도

—「내성천」 전문


　　자연에 대한 무자비한 학대와 파괴로 인하여 빛나는 모래
사장이 잡초와 자갈로 뒤덮이고 강물은 녹조로 뒤덮여 황폐

해지고 있는 오늘의 내성천, 그곳은 시인이 나고 자란, 꿈에도 그리는 고향의 강이다. 절망적인 지금의 상황에서 시인은 과거로부터 생명이 약동하던 아름다운 존재의 순간들을 소환한다. 그리고 그것을 미래로 투사하여 생명이 숨 쉬는 아름다운 내성천으로의 회복을 기획한다.

작품에서 시인은 '내성천' 사람들이 까만 밤 은하수 수많은 별들이 쏟아져 내리는 강변의 모래사장에 누워 찬란한 별빛을 맞으며 이야기꽃을 피우는 광경에서 자연과 사람이 하나로 어우러져 아름다운 꽃이 피어나는 순간을 목도하고 있다. 이것은 시인의 유년 시절 먼 과거의 기억 속의 이야기이다. 그런데 작품의 시제는 과거도 현재도 아니고 미래이다. 시인은 이미 돌이킬 수 없을 정도로 무자비하게 파괴된 자연과 인간의 회복을 꿈꾸고 있는 것이다. 그는 하나의 가능성을 우리 앞에 제시하고 있다. 사람들이 예전처럼 다시 강변에 나가 휘황하게 빛나는 아름다운 밤하늘을 보며 이야기꽃을 피우고 강에는 사라졌던 하얀 모래톱이 다시 생겨나고 갖가지 물고기들이 다시 즐거이 돌아와 노닐게 될 가능성 말이다.

섬세하고도 고운 감각적 언어와 물 흐르듯 유려한 서정의 흐름 속에서 자연과 인간이 온전히 회복되는 참다운 꿈과 희망을 제시하고 있는 이 작품은 조성순의 시가 도달한 결코 쉽게 흉내 낼 수 없는 독창적이고도 완성된 한 영역을 보여 준다.

고향을 상실한 지 이미 오래된 지금 그는 "하늘과 대지,

인간과 신 그리고 모든 사물들이 각자의 고유성과 본래성을 드러내며 친밀하게 어우러진 세계"로서의 고향을 회복하고자 갈망한다. 그러한 세계 속에서는 모든 관계가 "기술적인 주체와 대상으로 이루어진 계산적이고 기능적인 관계가 아니라, 서로의 존재를 보호하고 사랑하는 이웃의 관계"**이다. 그는 고향을 꿈꾼다. 그리고 오늘도 자연 속에서 호흡하며 꿈을 향해 자신을 던진다.

남북통일을 꿈꾸며 북녘 개마고원의 아름다운 자연 속에 파묻혀 살게 될 미래를 상상하는 「2030년」도 우리의 무감각한 의식을 깨우고 가슴을 설레게 하는 아름다운 언어로 가득 차있다.

칠팔월의 개마고원은 짜장 아름답다. 만병초 좀참꽃 담자리꽃 등 키 작은 야생화가 수놓은 고원은 바람이라도 불면 맑은 종소리가 들리는 듯하다. 팔월의 평균 기온이 15도 안팎이니 차라리 가을이다. 허천강 장진강 삼수천 등이 북으로 흘러 합수하여 압록이 되고, 연화산 차일봉 와갈봉 낭림산이 다 이천 미터가 넘으나 고원에서 보면 높지 않다. 멀리 바라보면 널따란 평야다. 구월 초순부터 서리가 내리니 단풍도 일찍 오신다. 처음에는 엷은 는개 모양 내리다가 붉고 노란 단풍이 세상을 점거하면 별유천지비인간이 따로 없다.

** 존 맥쿼리, 강학순 옮김, 『하이데거와 기독교』(한들출판사, 2006.12), p. 10쪽.

올해로 통일 7년째, 모든 게 꿈만 같다.

—「2030년」 부분


이 작품 역시 인간의 고향으로서의 아름다운 자연의 회복에 대한 간절한 갈망의 표출이다.

이러한 고향 회복에 대한 꿈과 갈망은 조성순 시인의 근본 정서인 '그리움'이란 더 큰 틀에서 통합된다. 그리움이란 무엇인가? 그것은 항상 미래를 향해 열려 있지만 결코 망상이나 환상이 아니다. 왜냐하면 이미 체득하여 간직하고 있는 사랑을 미래를 향해 던지는 것이 그리움이기 때문이다. 그 사랑을 되살려 내고 다시 획득하고자 하는 것, 바로 그것이 그리움이다. 그리고 시인이란 그 그리움을 노래하는 자이다. 「피리」에서 시인은 폐허 속에 버려진 남루한 현실을 초월한 지평에 서서 그리움을 환희에 찬 사랑의 노래에 실어 띄워 보낸다. 이 시는 시인의 운명, 아니 모든 인간의 운명을 담은 그리움의 노래이다.


나는야

철 지난 바닷가

누가 마시고 버린

빈 소주병

고추바람

기다리는 소식 모양

불어오시면

오직 당신만을 위한

입술을 열고

뱃고동 피리를 붑니다.

—「피리」 전문

　죽음과도 같은 외로움과 망각, 버려진 절망적 상황 속에
서 사랑의 환희로 가득한 그리움의 노래가 울려 퍼지는 반
전의 발생을 통해 시인이 도달한 삶과 죽음의 경계를 넘나
드는 초탈의 경지와 그것을 가능케 하는 사랑과 그리움의
크기가 과연 얼마만 한가를 짐작할 수 있다. 조성순 시인은
어떠한 절망적 상황에서도 그리움을 노래하고 또한 그 그
리움으로 말미암아 사랑의 기쁨 안에 거처를 둘 수 있는 시
인으로서의 자신의 숙명을 확인하는 것으로 이 시집을 마
무리하고 있다.